書下ろし

六本木警察官能派

ピンクトラップ捜査網

沢里裕二

目次

第一章　色仕掛け

1

七月十二日。

澤向健吾は夜九時に署を出た。今夜はこれでアガリだ。署は六本木通りの下り車線に面している。

六本木ヒルズは署より、もう少し渋谷寄りだ。

澤向はヒルズとは逆方向の外苑東通りに向かって歩いた。この時間になっても外はまだ蒸している。ワイシャツの背中が一気に汗ばんだ。

首都高速を挟んだ向こう側は、再開発の最中で空き地が目立つ。それもいまだに地上げが完璧に成立していないようで虫食い状態だ。

国や都としては東京五輪までに街の景観を整えたいのだろうが、見るからに間に合いそうもない。国際的歓楽街六本木の名が泣くというものだ。

澤向は六本木交差点のシンボルというべき老舗(しにせ)洋菓子店を越え、東京タワーを正面に仰ぎ見るメインストリートに入った。

チラシを手に客引きをしていた連中が一斉に一歩さがる。中には澤向に会釈する者までいた。澤向は元組対(マルボウ)刑事であった。今年で四十五歳になる。この辺りでは顔が売れていた。

だが、いまは違う。六本木警察署の所属に変わりはないが、警備課BG三係の刑事である。一年前に無理やり転属させられた。

BGとはボディーガードの略称だ。公人を警護するSP(セキュリティポリス)に対してBGは民間人警護を担当する。

捜査と警護では、正反対の任務だ。

しかも、飛ばされた三係は非公然の裏部隊だった。

警察組織図の警備部部門のいくら末端をさがしてもBG三係という部門は見当たらない。上層部からは、ブラックガード担当とも揶揄(やゆ)される特殊部隊だ。

「おう。いちいち店に行って口説くのは面倒だ。裏っ引(うらび)きで頼むぜ」

澤向は、若い客引きに声をかけた。

顔見知りの竜二だ。

中箱のキャバ「ホットパンツ」の客引き兼用心棒。黒成会系春日組の準構成員として組対課の監視対象になっている。

「滅相もない。そんなことしたら、俺はコレもんですよ」

竜二は、右手で拳銃のような形をつくると、伸ばした人差し指を自分の頭部に当てた。

少しウエーブのかかった黒髪だが、それはカツラだ。客に頭を下げる立場から、恐喝する側に変わったとたんに、ヅラをとって豹変する。

ヅラの下はスキンヘッドだ。黒服を脱げば全身に和風タットゥが入っている。

いまは、客引きとして笑顔を振りまいていた。

「二十年前は、坂口や鶴巻が、裏でバンバン直ウリしていたもんだぜ。俺の先輩たちは、女に不自由することはなかった」

澤向は、竜二の肩を抱いた。きつく抱き寄せた。竜二の膝が笑いだす。傍から見れば、澤向のほうがヤクザに見えるだろう。

「いやいや、元幹部が直に庭番していた頃はバブルの絶頂期でしょう。旦那方への貢ぎ物なんかどうにでもなった。店の女なんかじゃなくて、別に情婦を何人も抱えていたんですよ。坂さんも鶴さんもいい時代にヤクザをやっていた人たちさ。それで法律がうるさくなったら、とっとと抜けちまった」

坂口和義と鶴巻徹のことだ。

ふたりとも暴対法施行以降に堅気直りをしている。元春日組の幹部だ。

坂口和義は、デリヘル店「ヘブン」の、鶴巻徹はブランド物専用の質店「鶴兵」の経営に乗り出した。どちらも、もともと喧嘩より金勘定の方が得意だった。もちろん堅気直りしたとしてもフロント企業に変わりはない。所轄の監視下にある。

「竜、あのふたりは幹部だったから羽振りがよかったんじゃねぇ。バブルのせいでもない。賢かったんだ。常に手張りで女を転がして、儲けた金を直接、黒成会の若頭に手渡していたからだ。だからあっさり独立が認められたわけだ。そうじゃなかったら、まだ春日組で、割の合わねぇ喧嘩師をしていたはずだ。なぁ、竜、おまえも頭使え。ヤクザにとって、最大の上部団体は桜田門だ。うまく使えよ」

澤向は、竜二のポケットに一万札を三枚ねじ込んだ。

「店で一番売れている女を用意しろや。なあぁに枕営業で一番の女という意味だ。聞いているぜ、最近入った茉莉って女が、ウリ専だってな。しかも飛び切りいい女だって言うじゃねぇぇか。竜二、なんで黙っていたんだよ……」

「いや、いや、旦那、座っているだけでも、ナンバーワンの女を三枚じゃ、無理っすよ」

竜二は、かぶりを振った。

「ヤクザならヤクザらしく、公務員の気持ちを忖度（そんたく）しろよ」

「旦那にはマジ敵（かな）わないっすね」

竜二がしぶしぶ頷（うなず）いた。

「じゃぁ、待っているぜ」

澤向はふたたび歩き出した。正面に東京タワーが見える。

マルボウ時代はこうして街を流しながら、常に敵の様子を探っていたもので、いまだにその習性は抜けない。

ポケットに両手を突っ込んだまま人ごみの中を進むと、顔見知りの三下（さんした）たちが、すれ違うたびに頭を下げていく。なんとも、こそばゆい。

こちらも軽く片手をあげて応じる。

澤向は国内極道、とりわけ侠客（きょうかく）を名乗る組には一定の理解を示していた。むりやり難癖をつけ引っ張るようなことはしない。

刑事として、定点監視を続け、情報提供者（エス）を作り上げ内部の情報を得ていたが、それを乱用するようなこともしなかった。

むしろ手に入れた情報を駆使し、反目する団体同士を手打ちに導いたりもしている。

警察としての面目を保たねばならない際には、適当な若者を差し出してくれるように依頼した。傍目(はため)にはヤクザとズブズブな関係のマルボウであった。

必要悪だ。

それだけに、六本木をシマにしている国内ヤクザとの間には奇妙な信頼関係にあった。

一方で、半グレ集団は徹底的に叩いた。侠気(おとこぎ)を持たない半グレ集団は嫌いだった。

春日組ですら所轄の顔をたて、組内の者には表向き決して覚醒剤(ポン)のウリはさせていなかった。

それをいいことにクラブで派手にポンやMDMA(タマ)を小売りする六華(ろっか)連合のことを放置しておくわけにはいかなかった。

六華連合は、元暴走族系の半グレ集団だ。渋谷から徐々に勢力を伸ばしてきた。

本職の指定暴力団が表立っては何もすることが出来なくなったのを尻目に、奴らは好き放題だった。

春日組がミカジメする芸能人やスポーツ選手をマトにかけて恐喝するのも、阿漕(あこぎ)すぎる行為だった。

澤向は、叩くだけではなく、仲間割れの工作なども仕掛けた。新宿を本拠地(ホーム)にする新闘(しんとう)

連合と六華連合の双方に空気を入れて、暴発を誘ったのだ。

それがもとで、二年前、渋谷スクランブル暴動事件が起きた。

未明に起こったこの大乱闘では、双方に百名以上の負傷者が出た。逮捕者は五百人にも上る。

渋谷と歌舞伎町の所轄と合同で行った「半グレ集団壊滅頂上作戦」であったが、綿密な潜入計画をたて指揮を執ったのは澤向であった。

結果として恨みを買ったようだ。

翌年の十月末。西麻布の裏道で、澤向はホスト風の男にいきなりナイフで襲われた。すぐに特殊警棒で応戦し、一発で相手の腕を折ったが、これが罠だった。

相手が持っていたナイフは、ブリキの玩具であった。

男は堅気の銀行員。六華連合の幹部に、遊び感覚でやってみろとそそのかされ、切りつけて来ただけだった。ハロウィンの季節ということが男を勘違いに追いやっていた。

翌日。六本木署に男の代理人である弁護士が現れた。

過剰防衛だと息まかれた。署長が妥協案を出した。マスコミに発表しない代わりに、澤向を転属させるという案だった。

六華連合は溜飲を下げたようだった。手打ちになった。

澤向は、この日を境に警備課勤務となった。

だが異動してみると、警備課BG三係は、組対課などよりも遥かに刺激的な部門であった。基本的に脱法捜査が許されていたのである。

警備課は防衛部門であった。たったひとりのマルタイを、広くてとりとめのない敵の中から守られねばならない。

肝要なのは、事前の情報収集と予防措置だ。予防措置とは闇処理を含む。

警護任務に就いている以外の時間は自由捜査が許されていた。

澤向は、いまだに六華連合を追っている。

――とりあえず、まず一発だ。

そこから、新たな手掛かりが求められるような気がする。

東京タワーを見上げ、サイドポケットからラッキーストライクの箱を取り出した。一本抜き出し咥(くわ)える。ちょうどロアビル前だった。

ジッポーで火を付けようとした瞬間、背後から名前を呼ばれた。

「澤向警部。歩きたばこは条例違反です。警察の管轄ではありませんが、吸うなら、スモーキングエリアで」

振り向くと本庄里奈(ほんじょうりな)が立っていた。同じ警備課BG三係のメンバーだ。

元白バイ隊員の二十八歳。

東名高速で煽(あお)り運転を繰り返していた男の車の前に、白バイで躍り出て、フロントガラスを警棒で殴りつけ、木端微塵(こっぱみじん)にした武勇伝を持つ。

ところがその車が事故を誘発してしまい、交通課を追われる羽目になった。

飛ばされてきた先がBG三係だ。

細身の美貌の持ち主だが、それだけのことをしでかすだけあって気も強い。

しかも酒癖が悪い。美人で酒癖が悪いのは最低だ。

「おまえに言われたくはない。非番か？」

「いいえ。これから警護につきます」

「マルタイは？」

「丸川裕子。日東テレビのアナウンサー。ストーカーが殺人予告をしてきています」

「道端で話すことか？」

「フェイクですから」

里奈が片眼を瞑(つぶ)った。何年刑事をしているんですか？　という眼だ。

本当のマルタイは丸川に関する別な人間だという意味だ。

丸川の交際相手か、そんなところだろう。熱烈な女子アナファンが、その交際相手や上司を脅迫することはよくあることだ。

里奈はそいつらを守っているわけだ。面倒くさい仕事だ。

「そうか」

澤向は煙草を元の箱にしまった。

「では」

里奈は横断舗道を渡って、善学寺のほうへ去って行った。その向こうは墓地だ。娼婦と密売人がうろうろしている所轄にとっては重要地点だ。

澤向は真っすぐ歩いた。飯倉片町の交差点を越え、なおかつ歩く。飯倉片町を越えると、一気に人気がなくなる。

昭和の芸能人たちが集ったイタリアンレストランの前で、立ちどまった。レストランには用はない。背中を向けて通りを見つめた。

両手をあげて深呼吸した。首も回す。齢四十五ともなれば身体も硬くなる。ときおり動かさないとストレスが溜まる。

ただのストレッチ。意味のない動きだ。

黒のクラウンがすっと接近してきた。澤向のいる手前十メートルに位置に停車した。エンジンをかけたまま、じっとこちらの様子を窺っているようだ。公用車に見える。

すぐにヘッドライトを消されたので、ナンバープレートは読み取れない。

管理官がつけられている可能性はあった。あるいは公安（ハム）だ。素行不良な警察官は監視の対象になる。いまだに去年の件は尾を引いている可能性はあった。その割にはあからさまだ。

単純威嚇（いかく）か？

澤向は無視した。

じきに白のエルグランドが一台やって来た。黒のクラウンを越して、澤向の前に停車する。自動のスライドドアが開いた。紅いスリップワンピからスラリと伸びた女の脚が見える。パンプスは白だ。

すぐに乗り込んだ。

「『ホットパンツ』の茉莉です。はじめまして」

「店を出て来たわけでもあるまい」

澤向は、女の隣に座った。たしかに上等な女だった。

「先に公務を済ませて来いと言われました」

茉莉という女が笑った。ハーフっぽい。目鼻立ちがはっきりしている。

「Uターンして、御成門（おなりもん）のホテルに入りますがいいですか？」

ドライバーが言った。金髪にピアスをした、まだ若い男だ。竜二の弟分だろう。

「リニューアルしたほうかな」

「そうです」

「部屋はとってあるのか？」

聞くと、茉莉が肘鉄（ひじてつ）を食らわせてきた。

「野暮なこと言わないで。竜さんが常に二部屋は押さえています。店には通していませんよ。私たちと竜さんとの折半（せっぱん）ですから」

竜二もいいタマだ。ちゃんと裏引きをやっている。そこそこ小遣いを稼いでいるようだ。

「今夜は、たいした売り上げにならなくて悪いな」

折半では一万五千円だ。

「いつもと同じ額をいただいています」

つまり竜二が、足したということだ。

「竜二に、腕を上げたと言ってくれ」

ドライバーの背中に向かって言った。

「いざというときの情報、お待ちしているということでした」

ドライバーが車をいきなり反対車線に乗り入れながら言った。

黒のクラウンが慌てている。

さすがにあからさま過ぎると判断したのだろう。Uターンはしてこなかった。

「伝えてくれ。警視庁の生活安全部が直接『ホットパンツ』と『ブルーブラジャー』の二店に、管理売春の内偵を始めている。囮捜査だ。もう一月前から誰かが入っている。新規の客でやたら派手に金を使う客や、あらたに雇ったバイトに気をつけることだ」

「こわーい」

茉莉が大げさに声を上げた。が、目尻は強張ったのを澤向は見逃さなかった。内心焦ったはずだ。

「そりゃ、兄貴も喜びますよ」

「最初から情報を持っていなければ、竜二にたかったりはしない。俺は、そこまで根性が腐っていないさ」

「素敵ね。これはご奉仕しなくちゃ」

茉莉が身体をピッタリ寄せてきた。甘い香水の匂いがする。茉莉の右手が妖しく股間に這った。きつくもなく、弱すぎもしない。いいタッチだ。

「客席でこれをやられたら、たまらんだろうな」

茉莉のスリップワンピの裾をいきなり捲(めく)ってやった。

「いやんっ」

正義感が強いばかりではない。股布の脇から強引に指を挿し込む。生ぬるかった。泥濘(ぬかるみ)にぐっ、と指先を押し込む。

「あぁ」

茉莉が背中をシートに押し付けて、首に筋を浮かべた。

2

バスルームから出て来た茉莉が、ベッドに上がると同時に澤向の男根を口に含んできた。

「うぬっ」

大の字に寝ていたが、背中がせり上がるほどに、うまい舌使いだ。

ベッドで待機中から、茉莉の女陰や挿入状態を妄想し、半勃起状態だった肉槍が一気に漲(みなぎ)りを見せた。

茉莉は裸体に白のバスタオルを巻きつけていた。頭には頭巾のようにタオルを被っていた。素面（すっぴん）にわずかに化粧を施（ほどこ）している。

　車で出会ったときよりも、幼く見えた。

「大きいわ」

　太茎をやや斜めに含み、片頬に肉の尖端を浮き上がらせながら、蠱惑（こわく）的な視線を流してくる。飴玉をしゃぶっている少女のような表情だ。

「女のそういう言葉はあまり信じない」

「厳しいのね」

「どうせなら技術（テク）を褒（ほ）めてもらいたい。デカいだけがいいなら、他にもいくらでもいるさ」

「たいした自信ね。でも確かにそうね。女もバストが大きいとか、アソコが狭いと言われても嬉しくないわ。どう？　私の舌の動き」

「なかなかのものだ」

「曖昧（あいまい）な言い方ね、それ、どういう意味かしら？」

「圧力、スピード共にちょうどいい。だけど物足りない」

　あえて挑発する。はじめからそのつもりだった。

「足りないのは、何かしら？」

「愛情だ」

亀頭の裏側に這わせていた、茉莉の舌がわずかに泳いだ。微かに笑ったようだった。予定外の動きに、亀頭が一気に膨らんだ。

「キャバ嬢の枕営業に求めるのは、風俗嬢の上手さじゃない。自分ひとりの女になったという達成感を味わうことだ」

これは誘導尋問だ。正確に言えば軽い洗脳。人間は演じているうちに、その心理に陥るものだ。それを誘う。

「刑事さんは、それが人一倍強いようね」

「あぁ、俺の女になってくれないか」

「ええ、かりそめのね」

茉莉の舌の動きが情熱的になった。じゅるじゅると裏側ばかりを舐めていた舌先が、胴部にねっとり絡みついてくる。

唇の動きも、単純ストロークから、さまざまな変化をつけ始めた。

「玉をしゃぶれ」

居丈高に迫った。そういう振る舞いに慣れている女のはずだ、と踏んでいる。

「いいわ。べろべろに舐めてあげる」

茉莉は卑猥な色を浮かべた目を細めた。本来、一見の客にはそこまでしないはずだ。エロさは小出しにしてレイズをあげていくのが、枕営業の基本だ。

――そう仕込まれているに違いない。

睾丸を執拗に舐めまわされた。稲荷寿司のような皺玉が、茉莉の唾液で光り輝いて見える。

玉だけ攻められているのに、その上に聳える棹は、亀裂が走るのではないかと思うほど硬直した。

「う～む」

腰をさらにあげた。尻の底を見せる。皺が渦巻く窄まりだ。

「そっちも頼む」

「刑事さん……そっちの気もあるの？」

「そうじゃない。ケツの穴まで舐めさせたという満足感を得たい」

これは本音だ。

「やってあげるわ」

茉莉が澤向の尻山の間に顔を埋めた。礼儀として丁寧に洗ってある。興を損ねては元も子もないからだ。

「くっ」

目が窪むほどの快感が腰の裏に響いた。窄まりの上で茉莉の舌先は、跳ねる小魚のように動いた。棹がビクンビクンと揺れた。

「おまえの尻をこっちに」

いよいよ確認の時がきた。

「私、バックだけはNGですからね」

「嫌がる女の尻穴なんていじくる気はないよ」

茉莉が、おそるおそる身体を入れ替えてきた。バスタオルは巻いたままだが、澤向の顔を跨ぐ際に、肝心な部分がぱっくり開いて見えた。濡れた唇に似ている。香水を一振りしてあるのだろう。甘い香りが漂ってきた。

澤向は、バスタオルの裾を捲った。

「私、タットゥが入っているの。平気？」

「逆に好みだ」

風俗や水商売の世界では、いまだにタットゥはマイナス要因だ。ファッション感覚の欧米と異なり日本ではタットゥは、裏社会を連想させる。

親戚関係にあるような業界だからこそ、風俗業やキャバクラ業界は、タットゥに神経を尖らせている。保守的な客は、それだけの理由で及び腰になるからだ。

「和物でも？」

茉莉が、陰茎の尖端を向いて言った。

「なおさら好みだ」

狙っていた女に間違いない。澤向は確信を得た。

「見せてもらおう」

バスタオルの裾を背中まで上げた。右の尻山にそれはあった。柘榴のタットゥだ。真っ白な尻山に朱色の六枚花弁が、艶やかに彫られている。

探し物にようやく出会えた。

「左の尻山が淋しがっている」

彫りの入っていないほうの尻山を愛で撫でた。ここに五枚花弁のサクラを彫ってやりたいものだ。そのときが自分の勝ちだ。

「これ以上は彫りたくないわ。刑事さんみたいなお客ばかりとは限らないもの」

茉莉がふたたび亀頭を舐め、しゃぶり始めた。唇にも舌腹にも熱気が籠っていた。

澤向は柘榴の上にも手を置いた。双方の手のひらを回すようにして撫でた。

「あぁ。なんかいやらしい手つき」

茉莉が昂った声を上げたのをきっかけに、左右の尻山を外側に大きく押した。餅を伸ばす要領だ。

「いやぁ」

割り拡げられた尻の中央から秘貝が暴露された。

今度はルームライトに照らされて、はっきり見える。茉莉のパールピンクの肉花弁がてらてらと輝いていた。

「あっ」

花弁を舐めた。右側から丁寧に舐めた。花が縮まった。湯に浸したしゃぶしゃぶの肉のようにくねくねと蠢く。

垂れてきた白濁液を掬って、女の真珠玉に塗り込める。

「あぁ、いいっ」

執拗に舐めた。突起が膨らみ、硬度を増した。

「いやっ、あんっ、だめっ、そこばっかり」

尻山が泡立ち、柘榴の朱色に汗が滲む。濡れた柘榴を上目遣いで眺めながら、しつこく突起を舐めつづける。

尻山が微かに痙攣した。溢れる蜜の濃度も上がった。

ここが引き際。

澤向は花から、舌を外した。

「あっ」

茉莉が、物足りなさそうに尻の紅い谷間を、押し付けてくる。咥えたままだ。昇り詰めそうになった淫気の逃がしどころを探すように、口淫(こういん)に没頭しようとしている。

それも奪う。澤向は腰を引き、手を伸ばし、陰茎を茉莉の口から抜いた。

「あん、どうしたの？」

「四つん這いになって、尻を掲げろ」

「本当に乱暴なのね」

茉莉が不満げに、眉根(まゆね)を吊り上げた。いかにも欲求不満という顔だ。

「俺のリズムに慣れろ」

澤向は横柄(おうへい)に言った。

酔ったように頬を染めた茉莉が、ベッドの上で、猫のようなポーズをとった。頭はベッドヘッドに向いている。まだバスタオルを巻いたままだった。

茉莉の尻の背後に回り、膝立ちのまま、両手を伸ばす。バスタオルの結び目をとった。背中から剝(は)ぎ取る。

「はんっ」

真っ裸にした。引力の法則に従って、乳房がベッドマットの方向へ落ちる。それを両手で掬い上げた。手のひらの中央に乳粒が当たった。しこっていた。

充分に乳房を揉み込んで、紅い秘唇に肉槍の尖端を当てた。

「来てっ」

茉莉が請い願うように頭を低く下げ、尻を振り立ててくる。

「うむ」

その尻を田楽刺しにするように、肉槍を差しこんだ。深々と刺す。茉莉が歓喜の声をあげた。締め付けが強い。そのまま根元まで挿し入れたが、澤向にまだ征服感はない。

「あぁん」

茉莉の汗ばんだ背中が反った。

ゆっくりと抜き差しした。鰓で淫層の柔肉を抉ってやる。押すときに乳首を強く摘まみ、抜く際には、指先で転がしてやった。抽送の速度は上げなかった。澤向にとっても忍耐のいる作業だった。

「はうぅう」

徐々に茉莉から正気が失われ始めたようだった。喘ぎ声が一際甲高くなっている。

「もっと、早く、擦って」

掠れた声で言われた。じわじわと満潮に向かっているが、じれったくてしょうがないのだ。

「尻の左側に、サクラのタットゥを入れないか。色は桃色がいい」

「えっ？」

茉莉が、荒い息を吐きながら、首を曲げて、こちらを向いた。澤向はかまわず、ゆったりとしたピストンをつづけた。

「右に柘榴。左にサクラ。無敵の女になれるぞ」

言った瞬間、澤向は抽送の速度をいきなり上げた。怒濤の勢いで亀頭を子宮に叩き込む。

「あぁあ、うそっ。柘榴の意味を知っているのね。いやっ」

茉莉の顔がくしゃくしゃになっている。

「結城真人は、側近の女に六枚花弁のタットゥを入れさせるって言うじゃないか」

茉莉の太腿が軽い痙攣を起こした。

「……」

結城真人とは、六華連合の現総長だ。

十年にわたる内部抗争の末、三年前に五つのチームの統合に成功した男だ。渋谷のチーム「ドッグエイト」の元ヘッド。三十六歳。

「沈黙したまま、昇天しようとしても、無理だぜ。抜くから」

「いやっ……」

すでに頭の中は性欲しかなくなっている。

「正直に言えよ」

「無理っ、謳ったら、私、命ない」

「だから、左にサクラを彫れよ。日本一の代紋は桜の御紋だ」

「そんな……」

澤向は、茉莉に悟られないように、ベッドの端に丸めてあるブランケットの隙間に手を伸ばした。ＩＣレコーダーを忍ばせてある。レコーディングスイッチを入れる。

「真人に命じられて、春日組がミカジメしている『ホットパンツ』に入店したんだろう。何をする気だ」

「……」

茉莉の耳元に唇を寄せた。

「言えよ。何をやれって言われた」

獣同士のように覆いかぶさりながら、右手を茉莉の肉縁にあてがい、陰核を軽く掻いてやる。蜜を塗した。

「あうぅ」

すぐに止める。亀頭を一気に浅瀬まで引き上げた。少し捩じって、鰓で刺激する。

茉莉の欲求不満を頂点にまで高める。

「教えてさえくれれば、すぐに気持ちよくしてやる。今後、保護もしてやる」

悪魔のように囁いた。

「……シャブよ。枕で馴染んだ客に、覚醒剤とかMDMAを売れって」

「真人が言ったんだな」

自分の声はあくまで、耳もとで囁くだけだ。

「そうよ。真人にシャブを売って来いって言われたのよ。ぁああ、もっと速く擦って」

「枕営業は、カバーで、本当はシャブ中の客を大勢作ろうって言うのが、本音だろうがよ」

茉莉が車の中で、近々に手入れがあると聞いて、目尻を強張らせたのはそのせいだ。真人からまだ指示がないのに、おかしいと踏んでいたはずだ。

実際、生活安全課は、まだそこまでの情報を摑んでいない。六華連合が、春日組がミカジメる店に刺客を放ったという情報は、澤向が独自に仕入れたものだ。

二週間前の明け方、飲んだ帰りに、クラブの前の路上でセックスしていたカップルを発見、挿入中の男の尻を蹴とばしたところ、半脱ぎのジーンズのポケットから、白い粉の入ったビニールパッケージが落ちた。男はＡＶ嬢のスカウト兼、シャブの売人（プッシャー）だった。この辺（あた）りで売人をしているのは、外国系か半グレ系だった。本職はやっていない。男が六華の仲卸から引いていた。

覚醒剤所持と使用で逮捕しても生安に引き渡すだけなので、脅して、六華連合について知っていることを吐かせた。

仲卸がキャバクラ嬢に直接卸しているという情報だった。通常ではありえない。それは幹部の情婦ということだ。ピンときた。

このときもＩＣレコーダーに男の謳い文句をすべて録音した。男は、案外利口で澤向の犬になるしか道はないと悟ってくれた。そうしたことから、茉莉に辿り着いた。

「いつ客を飛ばす気だ？」

抽送の速度をあげて追い詰めていく。

適当な時期に、販売を停止する。ヤク切れを起こした客を数人店に残したまま、茉莉は裏口から消える気だろう。そんなキャバ嬢が、六本木のさまざまな店に放たれている。

春日組のシノギを細らせ、あげくに六本木に風評被害を与えるつもりだ。

その裏に、六華連合の野心が見え隠れする。

六本木の闇社会の再構築だ。

「私はまだ聞いていない……。真人から指示はきていないよ。今夜も店に行ったら、バンバン売れって」

茉莉はパニックを起こしていた。淫壺が急激な窄まりを見せている。棹を動かしてやる。性感は別物だ。さらにパニックに陥っている。

「おまえ、裏切られているかもな」

「どうしたら……」

「俺の女になるか？」

「えっ」

「なるって言えば、サクラの全精力をあげて守ってやる」

確固たる自信などない。口から出まかせだ。

「言えよ。澤向健吾の女になると」

逸る心を押さえて、じっくり待った。いやらしく、微妙に尻を振り立てた。浅瀬だけだ。茉莉は十秒ほどで落ちた。

「あぁあ、澤向刑事の女になります」

「疑い深いんだ。もう一度言え」

「澤向刑事の女になります。助けてっ」

眉間(みけん)を寄せた茉莉の顔にICレコーダーを突きつけていた。

「この録音が世間に出れば、あんた、春日組からも六華連合からも追われることになる」

「嘘っ。それが魂胆(こんたん)……あっ、ひっ、くわっ」

茉莉の顔に俄(にわ)かに怒気(どき)が浮かぶ。問答無用で、肉槍を擦り立てた。膣壺がびちゃびちゃと音を立てた。般若(はんにゃ)のような顔が溶けて菩薩(ぼさつ)顔になる。

「いいか、こいつを破壊しようとしても無駄だ。FM波で、俺のPCに飛んでいる。あんたはもう俺から逃げられない」

また嘘を重ねた。そのままひたすら穿(うが)った。

「明日の午後、俺と一緒に、ケツにサクラの代紋を入れに行こうじゃないか。俺はサクラのタットゥを入れた女しか信用しねぇ」

本気だった。

「わかりました。言う通りにします」

茉莉が、深々と頭を垂れて、尻を打ち返してきた。ひっくり返して正上位で、穿ち直してやる。茉莉が蕩(とろ)けた顔で、抱きついてきた。

3

「うちまでお願い……」

松林瑛子（まつばやしえいこ）は、西麻布の交差点で、待機していた車に乗りこんだ。黒のベンツＳ６００だ。専用の運転手がついている。

外は白々と明けていた。自宅は北青山のビンテージマンションだ。姉と一緒に暮らしている。

今夜は西麻布のホストクラブで、夜通し、大はしゃぎをしてしまった。会員制の高級店「ソウル＆マインド」だ。

最低でもひと月に一度は、ホストクラブで大騒ぎでもしなければ、ストレスが溜まってしょうがない。

深夜一時に入店して、気づけば四時間も遊んでいた。おかげで今夜は、気に入りの翔太（しょうた）に随分と注ぎ込んでしまったようだ。

もっとも勘定なんてほとんど覚えていなかった。

翔太は二十五歳で、役者志望の男だ。決して色恋営業をかけてこないところが気に入っていた。

自分のプロダクションが、男子もやれるようであれば、ぜひ手掛けたいところだが、叶わぬことだった。

芸能界は棲み分けが徹底した業界だ。

暗黙のルールを無視して、若手の男性俳優など手掛けようものなら、即刻、潰しをかけられる。自分のようなおばさんでも、攫われてアナルセックスを強いられ、その映像を撮られたあげく、ロシアか中国内陸部に売り飛ばされることだろう。

瑛子は、芸能プロを経営していた。

売れっ子女優ひとりに中堅女性アイドルを三人ほど抱えている。世間に名の知れたタレントを四人も持っていれば、この世界では、立派なスタープロである。

運がよかったとしか言いようがない。

大手プロで経理の仕事をしていたのだが、売れ始めていた女優が、辞めることになった。

真梨邑明恵だ。当時そのプロダクションには先に売れていた女優が数人いて軋轢が起きたのだ。明恵と担当マネージャーが出来ていた。ありがちなことだ。明恵が二十歳で、マネージャーは二十八歳だった。五年前のことだ。

当時自分は、すでに三十三歳だった。今年で三十八歳になる。

流れる窓外の景色を眺めた。

ベンツは外苑西通りを南青山三丁目に向かって走っていた。明け始めた白い景色の中にファミレスが映った。青山墓地の正面に、古くからあるファミレスだった。熊のような男がスタイルのいい女の手を取ってファミレスの階段を上っていた。

デニーズ南青山店。

当時はあの店でランチをするぐらいが楽しみなＯＬだった。

ふと懐かしく思う。

ベンツに乗って仕事をするなど、考えられない地味なＯＬだったのだ。

明恵とマネージャーは手に手を取って独立を果たした。このとき、どうしたわけか自分も誘われたのだ。

経理が出来る者が必要だったのだ。

なぜ、誘われるままについて行ったのかといえば、ただの気分だった。

派手な芸能プロにあって経理という地味な仕事をしていることに、いくばくかの反発心があったのだと思う。

他の部署が派手な分だけ、一般企業よりもよけいにそう感じてしまったようだ。

『新会社では単に経理というだけではなく、現場の付き人的なこともやってもらわなければならないが、その分、給料は弾む』

まだあどけない表情が残るマネージャーにそう言われて、妙に華やいだ気持ちになったのが最大の要因だ。

付き人のような仕事。これに惹かれたわけだ。

新会社「カンヌ」は発足三か月で暗礁に乗り上げた。

横やりが入ったわけでも何でもない。だいたい真梨邑明恵は当時、潰されるほど力のある女優ではなかったのだ。

マネージャーはまったく仕事が取れなかったのだ。

大手にいたときには、それなりに、大女優とのセット売りで仕事が取れた。

ところが、独立したとたんに取引はなくなった。

いまにして思えば、それが常識というものだ。

元の事務所が何ら圧力をかけずとも、芸能界には自浄作用があった。

表面的に円満でも、それなりの軋轢があって独立した女優をリスクを冒してまで起用するテレビ局はなかった。

やったもん勝ちとなれば、どんな連中が参画してくるかわからない世界だ。

タレントは時の流行で、次々に出現して来ても、マネジメントする側に大きな変化は望まない。テレビ局が誕生して以来培(つちか)ってきた、テレビ業界と大手芸能プロの関係が望ましいのだ。

暗黙のルールを熟知した者同士で取引したい。

それがテレビ業界の本音だ。

いまの瑛子には十分すぎるわかる話だ。

生身の人間を預かる芸能プロは、たとえ封建的といわれても、江戸の昔からある芸者と置屋(おきや)の関係が望ましいのだ。

タレントは芸者で、プロダクションは置屋。テレビ局やマスコミは、お座敷ということになる。

お座敷が掛からなくなった真梨邑明恵とマネージャーはすぐに衝突した。男女の関係だったぶんだけ、崩壊するのも早かった。

カンヌには、女優と経理社員だけが残った。

瑛子は、イチかバチか、オーディション雑誌を買ってきて、片っ端から応募した。

ついでに、マスコミ便利帳なる本を開いてここに掲載されてる各社に、ＰＣで自作したフライアーを闇雲(やみくも)に送付した。素人の浅知恵だった。

当然、どこからも返事はなかった。真梨邑明恵と検索すれば、必ず元のプロダクション名が出て来るからだ。

ただし、どんな仕事にも奇跡はある。そして、――成功する人間の第一歩は、奇跡でしかない。

瑛子は、今でもそう思っている。

奇跡はＣＭの依頼だった。

既存の芸能界ルールに唯一縛られないのがＣＭ業界だった。極論すれば、大手広告代理店のキャスティング担当者もテレビ局のプロデューサーと同類で、大手芸能プロに寄り添った抜擢をするものである。

だが一般企業の感性は、ノーマルだ。芸能界のルールに唯一毒されていないのが普通の企業の人たちだ。

奇跡は大手化粧品会社の宣伝部に真梨邑明恵のファンがいたということだ。それも創業家の長男だった。

瑛子が送ったフライアーを見て、この男は、大手代理店の幹部を呼んでひとこと「真梨邑明恵がいい」と伝えたそうだ。

この場合、広告代理店のキャスティング担当の忖度は、芸能界ではなく、クライアントに向く。

いきなり大量のテレビスポットが流れることになった。それでも既存のテレビ局からは声が掛からなかった。声を掛けてくるのは、ネットテレビぐらいだ。

ところがだ。

芸能界には格言がある。

二度、奇跡に恵まれた者は、努力を認められる。

瑛子にとっての二度目の奇跡は、ハリウッドだった。日本の芸能界のヒエラルキーの遥か彼方から、声がかかった。

日本滞在中に真梨邑明恵のＣＭを見た、大物プロデューサーだった。

独立二年目はロサンゼルスで、過ごすことになった。多少のセクハラはあった。本人も瑛子も、笑顔で乗り越えた。ここぞというときの一発は、むしろ狙っていくべきだ。

映画が公開されると、日本のテレビ局は手のひらを返した。

出演依頼が殺到しだした。

同時に瑛子も日本の芸能界の正式メンバーとして迎え入れられた。芸能界の中で、一定の枠を与えられたことになる。

毀誉褒貶とは思わない。

「運は実力」を地で行く芸能界らしい判断なのだ。

その代わり、消費のされ方も激しい。使い倒されるのではないかというほど、仕事の依頼が入った。

真梨邑明恵は、それでも劣化しなかった。

それまでの飢えが、彼女を一途に仕事に向けた。お互いセックスもせずに働いた。イライラしたり、迷ったりしたときはいつもオナニーで乗り越えた。

芸能界の三番目の格言である。

仕事をしすぎて潰れるタレントは、所詮そこまでである。

必ず出会う「混乱の一時期」を乗り越えてこそ、タレントや女優ではなくスターになれるのだ。

瑛子はカンヌの社長になった。

真梨邑明恵の全幅の信頼を得ていた。ひとりスターを持つと次は作りやすかった。バータービジネスである。三人の中堅タレントが育った。従業員は一気に三十人を超えた。

会社は順調だった。

気を付けなければならないのは、調子に乗り過ぎないことだ。芸能界の中で今度は保守派として生きることだ。瑛子は自分を戒めた。

表参道のマンションが見えてきた。築四十年だが風情のあるマンションだ。この辺りにはそうしたマンションが多い。気に入って購入し、姉と一緒に暮らしている。十歳も年上の姉だ。

商社の事務職だった姉の綾乃は、現在カンヌの副社長だ。

雇われていた時分には同族経営に批判的だったが、いざ自分が経営者になれば、やはり身内しか信じられない気持ちになる。

富を得て、初めて孤独を知るということと同じだ。四十八歳の姉は、母親のような存在だ。

運転手がいつものように、マンションのエントランスの前で止めた。扉を開けようとするのを制して、自分で降りた。

扉の開け閉めまで運転手にさせるようになったら、自分を見失いそうで怖い。

瑛子が降りると、運転手は、会釈をして帰って行った。今日は午後三時に迎えに来てもらうことになっている。

通りで深呼吸した。

マンションは後付けのオートロックだった。ナンバー式だ。暗証番号を押そうとしたとき、背後にワゴン車が停まって、男が降りて来た。ワゴン車はアウディのステーションワゴン。濃い灰色だった。

三段ほどの階段を上って来る。濃紺の背広を着た紳士然とした男であった。瑛子は同じマンションの人間だろうと思った。似たように朝帰りの住人がいてもおかしくない。

「おはようございます」

男が言ったので、瑛子も振り返り「どうも」と笑顔を作った。その瞬間に腹に拳をうけていた。口からシャンパンが噴き上がり、気が遠くなった。

4

七月十三日。午後四時。

澤向は、龍土(りゅうど)町交差点近くの古いマンションの一室にいた。飲み仲間の彫師、草凪欣二(くさなぎきんじ)の自宅兼仕事場だった。

一時間前に、茉莉の左の尻に紫色のサクラが彫り上がっていた。

「なんかお尻の左右に、花が咲いているのって、野暮(やぼ)じゃない？」

立ち上がり、姿見にヒップを突き出して眺めている茉莉が言った。本名は石川茉莉という。

　昨夜はセックスし終えた後に、いったん店に顔を出させた。寝返ったことを怪しまれないように、客とのアフターセックスもやらせた。事情を知らない竜二の売り上げを減らすわけにもいかない。

　明け方に落ち合い、青山墓地前のデニーズで朝食を摂った。ホテルのビュッフェぐらい連れて行けとねだられたが、自分の紋章を入れるほうが先だった。

　見事に入った。右の柘榴がチンケに見えるほど、鮮やかなサクラだった。欣二は腕がある。

「もう真人とやれないわね。でも何かのはずみで見られて、問い詰められたら、どう答えればいいのよ？」

　茉莉はしきりに左右の尻山を見比べていた。

「これから、六か所に花を入れるつもりだと答えればいい。他の女以上に、私は根性を見せるつもりとか……」

　言い訳を教えてやった。

「あんた天才かも」

「よく言われる」

そのとき、ポケットの中で刑事電話(ポリスモード)が震えた。茉莉と欣二に聞かれないように、ベランダに出た。

「澤向か」

警備課長の湯田淳一(ゆだじゅんいち)の声だった。澤向は噎(む)せ返ったように、一度咳払いをした。それから「はい」と返事をする。

咳払いは、そばに他人がいるという符牒(ふちょう)だ。

「了。『はい』だけで答えろ」

「はい」

「任務だ。マルタイは女優。真梨邑明恵って知っているか?」

「はい」

よくは知らないが、イエス・ノーで言えばイエスだ。

「彼女の事務所の社長が攫(さら)われた。ガイシャは松林瑛子、三十八歳。早朝、自宅のマンションの前で、やられた」

「はい」

ヤクザか、半グレか、テロリストか?

脳裏に容疑者像が浮かぶ。まだ自分は、デフェンス部門にいるという意識が薄いようだ。すぐに捜査側の立場になる。

いまの立場は、そうではない。

課長は続けた。

「その件は、一課が受けている。マンションの防犯カメラに、腹を打たれて、車に連れ込まれる様子が映っていたから、凶行犯事案となった」

「はい」

「ガイシャの経営する芸能プロの看板女優が真梨邑明恵だ。まだ何も要求はないが、狙いは女優に関することかも知れない。身辺警護(BG)に入れ」

そう、自分の任務は守りである。

「はい」

声を潜めて「まずはどこへ?」と聞いた。

「マルタイは、ガイシャの住むマンションにいる。本庄君もまわす。ペアだ」

課長がマンションの住所を言った。北青山だった。六本木署の管轄ギリギリのラインだ。通りが一本向こう側なら、原宿中央署の管轄である。

「承知しました。直行します」

刑事電話を切った。

茉莉が黒のショーツを穿いていた。

「仕事みたいね」

ブラを付けながら、言った。

「今後も普通に仕事を続けろ。真人から指示があったらすぐに伝えろ」

「いまさら、逃げないわよ。でも真人に私が二重になったことが知れたら、間違いなく、南シナ海に沈められるわ」

「ガキでも、南シナ海まで持って行ってくれるのか」

最近はヤクザも東京湾には沈めない。船舶の航行量が多く、こっそり沈めている余裕がないからだ。日本海や東シナ海も、北朝鮮の漁船の領海侵犯が多いため、海保の警備艇が目を光らせている。勢い南シナ海まで運んで捨てることになる。

「いちおうね。中国系とは犬猿の仲だから」

「そうか」

六華連合の最大のライバルが赤龍連だということを思い出した。奴らは、渋谷のチーマー同士だった頃から十年戦争を続けている。赤龍連は、日本生まれだが、中国人の親を持つ少年たちで結成された半グレ集団だ。現在は上海マフィアの下部組織となっている。

「私は恵比寿の家に帰るわ。同じ方向なら、送ってくれない？」

「すまないが、逆方向だ。俺は上野に行く」

たとえ自分の女（バシタ）でも警察情報を悟られるわけにはいかない。

「悪いが先に行く」

澤向が玄関に向かった。

「健さん彫り代くれよ。特急料金も含めて二十だ」

欣二が、手を出した。

「茉莉、おまえ、こいつと二回やってくれ。物納だ」

「嘘でしょ」

茉莉が片眉を吊り上げた。

「俺はいいよ。三発目は払ってもいい」

欣二が茉莉に向き直っていた。

澤向は、そのまま部屋を出た。龍土町の交差点でタクシーを拾い、急ぎ現場に向かう。

マンション「クラシックス北青山」は、表参道駅にほど近い裏道に建っていた。

一九七〇年代に建てられたようだ。コロニアル風の外観に味がある。

四〇三号室を訪ねた。室内は完全にリフォームされている。

すでに一課の捜査員二名が臨場しており、姉の綾乃に話を聞いていた。

一課の刑事たちは、澤向を一瞥したただけであった。老刑事と若者の取り合わせだった。

「事務所から連絡があったので、私も瑛子のスマホに何度も電話したのですが……朝になっても帰ってこないことなんて、仕事柄しょっちゅうあるんです。ですから、まったく気にしていませんでした」

綾乃はソファに浅くかけて話していた。落ち着いた雰囲気の女性だ。五十手前というところだろう。

尋問は老刑事がしている。

捜査には関われないので、澤向はあたりを見まわした。

隣室の扉が開いた。その瞬間、光が差したように見えた。真梨邑明恵が出て来たのだ。

テレビで見るよりはるかに細身だ。顔も小さい。

黒髪のロングヘアをいまは後ろで束ねている。それよりもなによりも後光がさしているような迫力があった。

ロイヤルブルーのジャケットにオフホワイトのシャツとパンツ。ゴールドのネックレスをしている。手にスマホを持っていた。

「すみません、マネージャーと仕事の打ち合わせをしていたものですから」

長い髪の毛を掻き上げながらそう言った。

「身辺警護をさせていただく、六本木署警備課の澤向といいます」

儀礼的に警察手帳を翳した。手帳といっても現行モデルはバッジだけで、手帳はついていない。それでも警察証とは呼ばず警察手帳と称する。

「男性ですか」

当然の質問だった。

「まもなく女性刑事も来ます」

本庄里奈は、まだ現着していないようだ。

玄関のチャイムが鳴った。

本庄が来たのかと、澤向がインターホンへと向かった。一課の刑事は当然だという表情で、見向きもしない。

モニターに映っている顔は本庄ではなかった。初老の男だ。

「はい」

澤向が応対した。

「管理人の田中です。一階の防犯カメラの映像をお届けに上がりました」

スピーカーから流れる声を聞いて一課のひとりが、跳ねるように扉に向かった。

「警備会社から今届きました」

そんな声が聞こえる。

受け取った刑事が、USBメモリーがセットされたタブレットをローテーブルに置いた。五人で囲むようにして映像を確認した。

澤向は女優の真向かいに立っていた。

「いやっ」

被害者の松林瑛子が腹を一撃された様子を見て、姉の綾乃が悲鳴を上げた。

真梨邑明恵は、目元を強張らせたが声は発しなかった。

「この男に、心当たりはありませんか？」

老刑事が綾乃に聞いた。

男は瑛子を抱えたまま濃い灰色のアウディの後部座席に放り込んだ。

運転席には別な男がいた。スキンヘッドの頭だけ映っている。ナンバープレートはどうにか読み取れそうな具合だ。若いほうの刑事がメモをとる。

「いいえ。まったく存じません」

姉の綾乃は首を横に振った。

「あなたは？」

真梨邑明恵に向き直った。

「私も知りません」

明恵は小首を傾げただけだった。

だが、澤向は、画像を見ていた女優の瞳を凝視していた。その瞳に映っていたのは男のほうだけだった。

自分の盟友である松林瑛子については、見ていない。

この女は攫った中年男を知っている。

一課の刑事に伝える義務はなかった。BG三係は、マルタイが危害を受ける可能性があれば捜査権も持つ。

俺の事案にする。

そのとき玄関で再びチャイムが鳴った。こんどこそ本庄里奈だった。

第二章　狙撃者

1

午後十一時だ。

澤向は本庄を伴いTCSベイサイドスタジオにいた。テレビドラマの撮影現場だ。

目の前で、東京中央テレビ（TCS）の人気連続ドラマ『悪女刑事（ヴァニティフェア・コップ）』の収録が進行している。

澤向たちは、ドラマはてっきり青山にあるTCSの本局で撮影されているのだとばかり思い込んでいたのだが、収録現場は横浜にある系列スタジオであった。

各局ともドラマは、郊外の別スタジオで収録するのが普通らしい。

本局のスタジオは、生番組や各局を掛け持ち出演する芸人が多く出演するバラエティに割くらしい。

ＴＣＳベイサイドスタジオは、横浜港に面した広大な敷地だった。敷地内に、航空機の格納庫のような形をしたスタジオが五棟並んでいた。

澤向は、かつての映画撮影所の趣を感じた。

いま澤向が立っている第一スタジオは、ここ二年間『悪女刑事』の専用になっているということだ。

ヒロインの属する警視庁刑事部捜査一課の部屋や、悪女刑事がその週のラストシーンで必ず訪れるバーのセットなどが、一つ一つ区切って置かれていた。住宅展示場のようでもある。

今夜は、真梨邑明恵扮する主役の悪女刑事が、ヤクザの住むマンションに乗り込むシーンだった。明恵はレザーのパンツスーツを着ていた。

マンションの扉に耳を付け、中の様子を窺っている芝居をしていた。

すぐに拳銃を抜いた。

ニューナンブＭ60。もちろんモデルガンだ。

「せっかくですから、サクラとかに変えて欲しいものですね。警視庁の捜査一課の刑事役なんですから、おおかたサクラでしょ。教えてあげたいです」

隣で本庄里奈が、囁いた。腕を組みながら見ている。

「あまり警察の内部情報は知らせないほうがいい」

ニューナンブM60は一九九〇年代で生産を中止している。

もっともまだ多くの警察署にニューナンブが配置されているのも事実だが、着々とM360Jサクラへの切り替えが進んでいる。ニューナンブM60の耐用年数の関係からだ。

「そもそも、どっちも日本製というわけでもないし」

ニューナンブもサクラも基本はS&W（スミスアンドウェッソン）社からのライセンス生産だ。

仄暗い（ほのぐら）スタジオの中で、セットだけが浮き上がって見えた。まさに虚飾の世界だ。だが、実物に見える。

明恵が扉を開けて室内に飛び込んだ。

「カット！」

そこで演出家からの声が入った。

スポットライトが消え、スタッフたちが地灯りと呼ぶ、スタジオそのものの蛍光灯が付いた。

とたんにヘアメイクとスタイリストの女性が、すぐに明恵の元へと駆け寄っていく。先ほどから何回も見た光景だ。

「話には聞いていましたが、ドラマって、本当に細切(こまぎ)れのように撮っていくんですね。私、もう飽きてきました」

本庄が欠伸(あくび)をかみ殺すような表情をした。わざとだ。

澤向も、両手をあげて伸びをした。いかにも退屈だという表情だ。テレビ局関係者には、民間の警備会社の者だと伝えてある。

この場合、出来るだけ間抜けな身辺警護人に見られた方がいい。

BGの任務は、茫漠(ぼうばく)とした中から、まず迫りくる襲撃者の目星をつけるところから始まる。そして警察が見張っているという情報を相手には与えたくない。

警護の理由は、真梨邑明恵に最近厄介なストーカーが付いたということにした。

明恵と彼女のマネージャーである大野奈々未(おおのななみ)だけが真実を知っている。大野は三十歳。明恵について三年になるという。以前勤めていた事務所でも中堅女優についていた、役者系のプロだという。

ひと口に芸能マネージャーといっても、役者系、歌手系、芸人系など、専門はそれぞれあって、仕事の仕方は似て非なるものだという。

明恵がメイク室に入っている間に、聞き出したことだ。

カメラの位置が変更になった。ライトや音声関係のスタッフたちも、移動している。澤向たちも、セットを半回転するように歩いた。

マネージャーの大野から、口うるさく言われていた。

「ドラマの撮影に直接関係のないスタッフは、必ずカメラマンと演出家の後方にいるのが鉄則です。メインカメラが動いたら、必ずその後方に移動してください」

それはマネージャーやスタイリスト、ヘアメイクと同じらしい。切り替えのたびに、澤向たちは、その集団と共に移動した。

マンションの中の内部の撮影になった。

「照明(あかり)っ」

演出家が声を上げた。

すぐに地灯りが消えて、セットに強力なライトがあてられた。真昼の晴天よりも明るい。

セットも役者も、３Ｄ画像のように浮き上がって見えた。

どれほどの光量があるのだろう?

澤向は、ふとそんなことを考えた。あれだけの光量で直撃されたら、目が潰れそうだ。

チーフ格のＡＤ（アシスタントディレクター）がカメラに向かってホワイトボードを掲

げた。

【#349　TAKE①　容疑者のマンション　室内】とある。最近のテレビドラマではあまりカチンコは使わないそうだ。

助監督がカメラ前から去ると同時に、演出家が絶叫した。

「アクション！」

いきなり明恵が発砲した。窓ガラスが割れる。割れた窓から、容疑者のヤクザがベランダに出て、飛び降りていった。下にはマットレスが敷いてある。

明恵もベランダに出て飛び降りた。容疑者は足から落ちるように降りたが、明恵は走り高跳びのベリーロールのような跳び方だった。

「カット！」

窓から明恵が顔を出した。

「明ちゃん。ごめん、ごめん、その跳び方じゃ、最後にケツがアップになっちまう。背面跳びに変えよう」

賛成だが、普通に挟み跳びで降りた方が時間に無駄がない。

すぐに、撮り直しになった。同じシーンでTAKE②になった。明恵は美しい背面跳びでベランダの先に消えていった。効果音が入る。バン、バンと銃声二発だ。

「カット」

たしかにこのほうが絵になっている。

演出家がモニター画面で、たったいま撮った場面のプレイバックを見ている。スタジオ中が静まり返る瞬間だった。この光景もすでに何度も見ていた。

「OK！」

「移動します」

すかさずチーフADが全スタッフに向かって叫んだ。

スタッフがぞろぞろとスタジオから出ていく。

澤向と本庄は、格納庫のような扉の前で、マネージャーの大野が、セットの裏から真梨邑明恵を連れて来るのを見守った。

「あの部屋、何階の設定なんでしょうね」

本庄が言う。

「飛べる階っていう設定だろう」

「澤向課長なら、何階までなら飛び降りること可能ですか？」

警部とは呼ばない。民間警備会社の上司と部下を装っている。

「二階までだろう。三階なら飛ばねぇ。被疑者が飛んで骨折でもしてくれたら御の字だ」

「ですよね。普通、マンションの周りすべて捜査員で囲むし」

本庄が肩を竦めて笑った。

真梨邑明恵が、コートを肩に羽織ってやって来た。大野の他に、スタイリストとヘアメイクが付き添っている。ヘアメイクは事あるごとにパフで女優の頬を叩き、髪型を整えている。そしてシーンの変わり目にはポラロイド写真を撮っている。

業界用語でいうところの「繋がり」を確認するためらしい。半日近く撮影を眺めているうちに、自然にそんなことがわかるようになってきた。

野外での撮影になった。

スタッフは第七スタジオの裏手にある岸壁に集まった。なるほど、この地にスタジオを建設した価値は大きい。

ここからは左手にベイブリッジ、山下埠頭、遥かその向こう側にみなとみらいの街並みが望めるのだ。

撮影用の私有地として所有していれば、何の邪魔も入らずに、ドラマ撮影が出来ることになる。

スタジオの最も岸壁よりの位置に、倉庫のセットが組まれていた。

赤レンガ倉庫だ。大桟橋の向こう側にある本物の赤レンガ倉庫を模したようなセットだ。殺人容疑者はそこに逃げ込んだという設定らしい。

「真梨邑さん、立ち位置ここになります」

下っ端のADが、スポットライトに煌々(こうこう)と照らされたコンクリートの上にテープを張って、役者の立ち位置を示していた。

明恵がゆっくりその方向へと進んでいく。

コンクリートの上にレールが敷かれ、滑車(かっしゃ)に載ったカメラが置かれていた。

夜風にロングヘアがそよいだ。ヘアメイクがすぐに飛び出していこうとした。明恵が苦笑いして、手で制した。ヘアメイクは歩を止めた。

風で髪が舞わないほうが不自然なので、当然だ。

リハーサルが開始された。

赤レンガ倉庫の二階の窓に向かって、悪女刑事が拳銃を撃ち込む。二階の窓下の壁から硝煙(しょうえん)が上がる。派手だ。実際にはあれほど煙は上がらないだろう。

殺人犯が窓を割って顔を覗かせる。サングラスを掛けている。撃ち返してきた。銃はトカレフだ。

「あれも幻想ですね。いまどき、半グレでもデザートイーグルぐらい所持していますよ。トカレフなんて、よほどの田舎(いなか)ヤクザです」

本庄がまた笑った。

「普通の人間は、ニューナンブM60もトカレフも特定なんか出来ないよ。購入することもないんだから」

平和の国ニッポンだ。

明恵がコンクリート上を回転しながら、再び撃つ。続けざまに撃った。

そのまま倉庫の扉まで転がり、中に入っていく。

転がって行く様子を、レールに乗ったカメラが捉えていくという演出だ。

今回のシーンはここまでだ。

最終的に、二階で大立ち回りになって、ふたりとも海に飛び込み、水中でももみ合い、明恵だけが浮かび上がってくるというシナリオだ。

海に飛び込むところから先は、悪女刑事もヤクザもスタントマンが担当する。代役たちは、すでに敷地の隅でウォーミングアップをしている。

「いくら何でも、あれは……まぁいいですけど」

本庄は銃弾の数を数えていた。ニューナンブM60は五連発だ。すでにそれ以上の発砲音が聞こえた。

「飛び降りて、我々に見えないところで、弾を補充したのさ」

「そういう解釈になりますか……」

本庄は納得しないとばかりに、首を振った。

演出家とスタッフたちが、立ち位置や、カメラの動きについて語り合っていた。二階の窓ガラスの交換作業がなされていた。

明恵は立ち上がり、倉庫の前でじっと夜の海を眺めていた。

遠くに貨物船がいる。よくは見えない。

メイクや衣装を直そうと近づこうとしたヘアメイクやスタイリストをも、手で追い払っている。

「本番行きまーす」

チーフADが号令をかけた。カメラに向かってシーンナンバーの入ったボードを翳(かざ)している。

六基の大型ライトが一斉に点灯した。リハーサルでは点灯していなかった。真昼のような明るさだ。

明恵が、最初の位置に戻った。

倉庫のセットの脇にある小型スピーカーから声がした。

「こちら、スタンバイ完了」

ヤクザ役が、窓際で準備したようだ。チーフADが、カメラの前から跳び退くように消えた。

「アクション」

演出家の声。

明恵が拳銃を撃った。銃口炎（マズルフラッシュ）が藍色の空と海に映える。実際よりも炸薬（さくやく）が多い。倉庫の窓枠から硝煙が上がった。男が窓ガラスを割った。トカレフで撃ち返してくる。

銃声がした。

明恵は先ほどよりも大きく跳び退いた。

すぐ横の床からコンクリートの破片が跳びあがった。先ほどはなかった「効果」だ。

明恵が回転しようとした。

カン、と乾いた音がした。ふたたび、コンクリートの床が飛び散った。カメラの方向に粉塵が上がっている。

演出家が首を捻（ひね）った。

「！」

その瞬間に澤向は床を蹴った。本庄も続いてくる。

回転しようとする明恵の上に、澤向は飛び込み覆いかぶさった。頭から上半身を覆う。

本庄は明恵の下半身部分を覆っていた。ラグビーやアメリカンフットボールでボールを持った選手を潰すような感じだった。

「おいっ、あんた何てことしてくれたんだ」

チーフADの怒鳴り声が聞こえた。同時にスタッフたちのざわつく声。

「伏せて、全員伏せて。退避っ」

澤向は声を嗄らして叫んだ。

「くっ」

背中に弾丸がめり込む感触があった。防弾ベストを着ていた。本庄も同じだ。

「何ごとだっ」

演出家が、ディレクターチェアから立ち上がった。すぐに悲鳴を上げた。

「うわぁ」

六基ある大型ライトのひとつが突然割れて、ガラスが飛び散った。演出家は破片をもろにかぶった。

「誰だよ。炸薬を容れ間違えたやつは」

チーフADはまだことの重大さに気づいていない。

大型ライトが次々に破裂したかと思うと、赤レンガ倉庫のほうから爆発音が聞こえた。

「嘘でしょ」

本庄が唸(うな)るように言っている。本庄は明恵の腰から足首までもカバーしていた。

「これは、別人の仕込みだぜ」

澤向は赤レンガ倉庫のセットを見上げながら呻(うめ)いた。赤レンガの倉庫に見えても所詮は、発砲スチロール製だ。

セットの裏から火の手が上がっていた。

ヤクザ役の役者と小型カメラを持ったカメラマン。それにＡＤが数人、口を押さえながら飛び出してきた。

「中に、他に人は？」

澤向の問いに、ＡＤのひとりが走りながら、手のひらを横に振っている。

「大丈夫です。もう誰もいません。まじ、真梨邑さんの格闘シーンじゃなくてよかったです」

それが狙いだった、ということか。

ヤクザはこんな無茶はしない。外国系か半グレの仕業ではないか？

「真梨邑さん、いろいろ聞きたいんですが、いいですか？」

組敷いている明恵の顔に向かって言った。

明恵は、目を伏せた。

2

松林瑛子は下着姿でマットレスの上にうつ伏せに寝かされていた。

狭いコンテナの中だ。微かに揺れている。

マンションの前で腹に拳（こぶし）を打ち込まれてから、どれほどの時間が経ったのかわからない。意識が戻ったときは、目隠しをされていた。手足は自由だった。自分で身体を触ってみると、指の感触で下着姿にされているのだとわかった。

左右に人の気配があった。ときどき双方から指が伸びてきて、胸や股間は触られた。指による挿入もあった。左右の人間たちが退屈しのぎのように、瑛子の股布を脇にずらし、交互に淫壺に指を潜り込ませてきた。

意思に反して、喘ぎ声をあげると、左右から嘲笑（ちょうしょう）が聞こえた。恥ずかしくてたまらなかった。

車から降りると、目隠しされたまま歩かされた。左右の男に腕を取られていた。潮の香りがしたので海辺だと思った。風がそよいでいた。

鉄板のようなものを渡らされた。

数歩で、どこかに入ったようだ。匂いがきつい。判然としないが、石油とか魚とかそんなものが混じったような臭いだ。

歩きながら、右の男にいきなりブラジャーの片カップだけをさげられた。乳房がこぼれ出るのが、見えなくてもわかった。

前方から喝采（かっさい）が上がった。

爆（は）ぜた生バストと乳首を批評する卑猥な言葉が乱れ飛ぶ。

室内で、無言で弄（いじ）り回されたときよりも、身体が火照（ほて）った。

つづいて左の男にショーツの上縁も下げられた。ほんのわずかだ。陰毛をチラ見させさせているようだ。

色と量を称賛された。誰かが女性器の俗称を呼び、見たいと言った。

左の男が、ひとこと「だよな」といって股布を脇にずらせた。

誰かが「襞（ひだ）がくっついてちゃ、つまんねぇよ。中の具がみたい」といった。日本語に訛（なま）りがあった。どこの地方なのかはわからなかった。

右の男は、盛んに瑛子の乳首を尖（とが）らせるように、摘まんでいた。

そっちに気を取られている間に、左の男に、いきなりおまんこを逆Vの字に開陳された。

瑛子は卒倒しそうになったが、その瞬間、肩に注射針を刺された。意識が遠のいた。

あれから数人の男たちに凌辱されたのかどうかはわからない。

気が付いたら、油臭い匂いのするコンテナのマットの上にいた。最初にマンションの前で声をかけてきた男の姿は見えなかった。

目の前に液晶モニターが置かれていた。二十インチほどの小型モニターだ。

そのモニターに赤レンガのオープンセットが燃え盛る様子が映し出されていた。

かなり粗い画像だ。海側からの遠景である。画像は微かに揺れている。

炎の様子はよくわかった。あれは演出ではない。実際の火災だ。その証拠にスタッフが逃げまどっている様子が映っている。

瑛子が寝かせられているマットの脇に男がいた。スキンヘッドの若い男だ。蟹股でしゃがんでいる。迷彩色のカーゴパンツに黒のタンクトップを着ていた。傭兵のような格好だ。男の身体からは凶暴な香りが立ち上がっていた。

「俺たちの本気度、わかってもらえたかな?」

スキンヘッドの男は煙草を咥えた。パッケージに「黄鶴桜」の文字。瑛子は煙草をやらないので、銘柄には詳しくない。

「信じられない……」

首を曲げて聞いた。瑛子は下着姿にされていた。まだ凌辱された記憶はない。記憶がないだけなのかも知れない。

「信じられないなら、あんたが狙ってほしいところを言ってみろよ」

スキンヘッドが煙を吐いた。狭いコンテナの中だった。煙が充満し、瑛子は咳き込んだ。

「ほら、どこか撃って欲しいところを言えよ。人でも物でもいい」

「……」

「なら、真梨邑明恵に覆い被さっている男を狙う。いいな」

スキンヘッドがインカムを手にした。テレビ局のスタッフが現場で使っているヘッドセットタイプのものだ。

「待って、人ではなく、カメラを撃って」

やはり自分で指示することにした。チーフカメラマンはすでに退避していた。そこにあるのはカメラだけだ。

「おうっ、嘘じゃねぇというところを見せてやる」

スキンヘッドの男は、煙草を床に投げ捨て、編上げのブーツで揉み消すと、やおらブラジャーの中に手を挿し込んできた。

「いやっ」

スキンヘッドの指が乳首を探しあてた。先端に軽く触れている。指腹で摩擦された。ソフトタッチだ。気持ちよかった。どうしてこんなときに乳首が感じるのかわからない。乳首がしこった。

「おいっ。カメラを狙え。そうだ、こっちにレンズを向けているレールに乗ったカメラだ」

スキンヘッドの男がマイクに向かってそう叫んでいる。具体的な指示だ。どこかに狙撃手がいるらしい。

「画面を見ていろっ」

「あうっ」

言うなり、右の乳首を強く押された。

快感に背筋を張らされた。

アズキ色の突起が乳山にめり込まされる。瑛子は喘ぎ声を上げた。

乳首を押されるのとほとんど同時に、画像の中に異変が起こった。

カメラが首を振り、三脚ごと真横に飛んだ。画面の下手から銃弾が飛び、赤レンガ倉庫側に倒れた形だ。スタッフたちがふたたび右往左往(うおうさおう)する様子が映った。

実際に音声は聞こえないが、あちこちで悲鳴が上がっているようだ。

「弾は三脚に当たったようだな。どうだ、俺が狙わせているということがわかっただろう」

瑛子は頷いた。

大掛かりな犯罪集団の手にかかったことを実感した。

この男たちは、芸能界利権のレベルで自分を攫ったのではない。

ようやくそこに気づいた。

同時に徐々にそれがどこに繋がっているのか想像出来てきた。スタジオを襲ったのは、その一端だ。

はじめて命の危険を感じた。

スキンヘッドの男が、乳山からいったん手を引き、ブラジャーのホックを外した。

背中が緩み、ストラップを肩から抜かれる。生乳がGカップから溢れ出る。男は量感のあるバストを下から支えるように手のひらを宛がい、揉み始めた。両乳共にだ。

「このおっぱいと同じで、あんたの運命は、俺に握られている」

「はい」

瑛子は頷いた。抵抗をしている場合ではないと直感した。男の性欲がどれほどのものか、瑛子は知っていた。

下手に拒めば、逆上を誘うだけだ。

しばらく乳を揉まれ続けた。男の手の動きは粗暴だが刺激的だった。乳首を執拗にこね回してくる。ヒリヒリとする痛みだが、それがしだいに快感にもなる。

「あぁあ。いいっ」

思わず喘ぎ声をあげさせられた。

「あなたの言うことを何でも聞きます。どうか助けてください」

男はそれには答えなかった。繰り返し波の音が聞こえるだけだ。

「あぁあ、私の身体に何をしてもいいです。ですから命だけは……」

「それは、何とも言えない」

「そんな」

瑛子の目から涙が溢れてきた。男は無視した。

「尻をあげろ」

「はい」

瑛子はマットレスの上で、盛りの付いた猫のようなポーズをして見せた。命乞いの姿にも見えるだろう。バストを入念に愛撫され、桜色に染まった臀部を掲げているのだ。

男が背後に回る。

臀部を覆っているショーツのストリングスに男の手がかかった。

──引き下ろされる。

そう思った瞬間に、子宮の奥底から、湯蜜が湧き上がった。

ショーツが剝がされた。足首から抜かれていく。

「股を開け」

「はい」

スキンヘッドの男に淫処が見えやすいように拡げた。その瞬間に瑛子は貫かれた。鰓の張った男根が、存在を誇示するように、バックからドーンと肉層に滑り込んで来た。

「あぁあああっ」

めくるめく快美感に身も心も囲繞された。

もしもおまんこにも、ストックホルム症候群という症状が現れるのなら、いまはその状態だ。

自分の気持ちよりも先に、膣壺がこの凶暴な男根にすっかり共鳴してしまっているようなのだ。

括約筋が自然に動いた。

「おぉ、おばさん凄いな。こんな締まる穴、俺、初めてだ。やっぱ女は熟女に限るな」

おばさんと呼ばれた。初めてだった。

ホストクラブでは、所詮ちやほやされていただけなのだと、思い知らされた。三十八歳はこの男にとって熟女に入るわけだ。ショックな分だけ、縋りつきたくなった。

「あぁあ、たくさん突いて、気持ちよくなってください」

それには男は答えず、ひたすらずいずいと突いてきた。しばらく抽送して、扉に向かって言った。

「おい、いいぞ。入ってこい」

すると冷蔵庫のような扉が開いた。

金髪の男が入ってくる。顔の前にスマホを掲げていた。ライトの光が一条、瑛子の顔に向けられている。

撮影モードということだ。

「あっ、撮らないでください」

瑛子は反射的に顔を叛けた。

その瞬間、やおらスキンヘッドの男に髪の毛を鷲摑みされ引っ張りあげられた。総髪を抜かれる思いだ。

自然に顎が上を向かされる。スマホが目の前まで近づいて来た。

「あんたまだ、ぜんぜん現状を理解できていねぇ。そんなんじゃ、俺がどやされちまう」

髪をぐいぐい引かれる。同時に男根の尖端が奥へ、奥へ進んでくる。気が狂いそうになった。

「許してください。私、混乱しています。言うことは何でも聞きます」

泣きながら、許しを請うた。

「じゃあ、ここからは喘ぎ声はいいが、一切よけいなことは言うな」

「わかりました。二度と抵抗はしません」

瑛子はレンズに向かって何度も顎を引いた。スキンヘッドはようやく髪から手を放した。

金髪男に命じている。

「まず、女の顔のアップとバックから突かれている様子を撮って、あいつに送れ。ついでにボスにもな」

金髪男は頷き、瑛子の顔の前にレンズを向けた。刹那、スキンヘッドが猛然と尻を振り立ててきた。

「あぁああっ、いくっ、いくっ」

目を閉じると、瞼の内側が光の洪水に襲われた。暴力的な快感に、身も心も翻弄される。つづいて交合点を撮影された。

ほんのわずかな光量のライトなのに、スマホのレンズがそこに向けられていると思うだけで、その部分だけが、異様に熱くなるような気分にさせられた。

「あうっ、はっ、いくっ」

熱に浮かされたように、何度も声を上げた。

小刻みな絶頂が続き、次第に快感の最先端へと押し上げられそうになった瞬間、スキンヘッド男は、ストロークを止めた。まるでこちらの蜜壺の微妙な変化に気づいて、寸止めをしたような止め方だった。

「よし、まずそれを送れ」

金髪男が、撮影モードを止めた。スマホを操作している。画像を添付してどこかに送信しているようだ。

きっとあの人にだ。

スキンヘッドの男は、肉を繋げたまましばらく、その様子を見守っている。瑛子はもうセックスのことしか考えられなくなっていた。

金髪の男が、親指を立てて、スマホをスキンヘッドの男に渡した。

「スカイプで中継だ。すぐに用意しろ」

スキンヘッドが、そう命じている。インターネット通信電話のことだ。金髪男が、タブレットに外付けカメラを繋げた。

セックスの場面がどこかに中継されるらしい。

とんでもないことになった。瑛子は、もはやこの男の情婦になる以外、人生の選択肢はないと思った。

「次はフィニッシュまで行くぞ。ただし、途中で発言は許さない」

「あなたの言うままです」

背後で、ふっ、と笑う声がした。

「あなたって呼ばれるのも、気色悪い。とりあえずの呼び名を教えてやろう。遼だ。そう呼べ。もちろん本名じゃない」

「わかりました。遼さん」

そう返事をした。名前を教えてもらったのが嬉しくてたまらない。

言葉を交わすたびに、微妙に肉の繋ぎ目が動いた。疼いてくる。これもたまらない。

「よし」

スキンヘッドが言った。金髪男が汗だくになりながら、セットアップを完成させていた。

それから間もなく遼のストロークが再開された。

「どうよ。スタジオの風景とこの女の顔の二元中継」

スキンヘッドが、ヘッドセットのマイクに向かって言っている。腰を振りながらだ。

瑛子はバックから貫かれたままだ。ドンと突っ込まれた。背筋が張る。

「あはっ、気持ちいい」

カメラに向かって思わず目を細めた。

「まぁ、あの程度の火災なら、消防を呼ばなくても、内部で消し止めただろうさ」

タブレットは瑛子の足の裏当たりに置かれていた。したがって男が話している相手は見えない。

だが瑛子には想像がついた。

――私の男だ。

「急いで社内の意見をまとめろ。うちのボスは、友好的な買収なんて考えていない。常に乗っ取ることだけだ。抵抗しても無駄だぜ」

〈……〉

相手が何か言っているようだ。

ヘッドホンを通しているので、瑛子は内容を知りようがない。スキンヘッド男の声だけが聞こえた。

「待てない。時間と共に、事態は最悪になるだけだ。来週中になんらかの意思表明を示してくれないと、今度は火災ぐらいじゃ済まないぜ」

〈……〉

ヘッドホンの中で相手が短く叫んだようだ。

「あぁ、そうだ。誰かがあの敷地で死ぬことになる。例えば、この女の死体が、第一スタジオに転がっているかもしれない」

言うなりスキンヘッドが、激しく腰を振った。

「あっ、あっ、あっ」

瑛子は喘いだ。

膣孔の中で男根がシリンダーのように下がるたびに、粘つく湧蜜が、びゅんっ、びゅんっ、と溢れ出る。

「あうっ。遼さんっ。もっと突いてっ」

瑛子はあえて、スキンヘッドの名を呼んだ。

そのほうがスキンヘッドの男の手助けになるように思えた。瑛子はスカイプの相手とも、先週交わっていた。好きよ、大好きっ、と譫言(うわごと)を言いながら股をくっつけ合った相手だ。あの男も愛撫は上手だった。

だがいまは事態が違う。自分は遼という名の男の情婦(イロ)となって余生を暮らすしかないだろう。

「あぁああ。もっとめちゃめちゃ、突いてくださいっ」

遼はそれに応えるように、亀頭を送りこんで来た。ずんちゅ、ずんちゅ、と粘膜の擦れる音を立てながら、マイクに向かって言った。

「それとも、いっそ有名女優を殺してしまおうか？　もちろん、事故死に見せかけてだよ。社長にもそう伝えておけよ」

相手が返答しているようだ。

「そんな時間はない。こっちは真梨邑明恵のことはすべて把握している。いつだって狙えるんだ。ほらこのおばさんの、タブレットやスマホはすべてチェックしたからな」

言うなりスキンヘッドが乳房を掻き抱き、ラストスパートのピストンを仕掛けてきた。

「あうっ、はうっ、いくっ」

瑛子は声を嗄らした。

「……よしっ。わかった。そのぐらいなら、待とうじゃないか」

スキンヘッドは言うと同時に、瑛子の蜜壺の中に、じゅっ、としぶいた。粘液の熱波が子宮にかかる。

3

芸能業界用語でいう「てっぺん」を超えていた。午前零時を回ったということだ。

TCSベイエリアスタジのオフィス棟の二階。通称タレントロビーと呼ばれる、楽屋が居並ぶフロアだ。

澤向と本庄、それに真梨邑明恵が、最奥の部屋にいた。もっとも広い楽屋だった。マネージャーに許可を得て、三人だけにしてもらっている。

応接セットを挟んで、向かい側に明恵。澤向と本庄は並んで座っていた。

「真梨邑さん、あなた、松林社長を攫った相手に心当たりが、ありますね」

本庄里奈が尋問役になった。澤向は腕組みしながら、明恵の顔をじっと見つめた。ほんのわずかな表情の変化も見逃さないつもりでいた。

「本当に心当たりなんてないです」

明恵は、落ち着いた口調で返してくる。瞳に変化はない。厳密にいえば、瞳の表情を消してしまっているのだ。女優はやりづらい。

「シラを切る役になり切らないでくれませんか」

　本庄が揺さぶった。

「そんな役なんか演じていませんよ」

　肩を竦めた。

「本番が始まる直前に、湾内に停泊している貨物船を眺めていましたよね」

　本庄もそこに気づいていたようだ。

「はい」

　わずかに明恵の眦（まなじり）が吊り上がった。ほんの一瞬だった。

「スタジオの岸壁から見て、一時の方向にいた貨物船。あれを見ていましたよね」

　本庄が核心を突いた。澤向が伝えたことだった。コンクリートに撃ち込まれた弾丸の入射角度から逆算すれば、その方向だった。

　そしてつい今しがた第一スタジオのモニターでプレビューを見せてもらった。プロデューサーと演出家の立会いのもとで確認した。

　貨物船の甲板で、なんどか紅い光が光っていた。銃口炎（マズルフラッシュ）の可能性が十分ある。

ＶＴＲは証拠品として預かることにした。

プロデューサーと相談した結果、火災はセットを焼いただけで、大事に至らなかったので、公表しないことにした。

本来は放火の可能性があり、さらには主演女優が銃撃されたことを加味すれば、ただちに公開捜査とすべき事案である。

しかし一方で松林瑛子の拉致（らち）事件があった。一日にして起こったふたつの事件は、当然関連性があると見るべきである。公表するかしないかは、彼女の命に係わることだ。慎重にならざるを得ない。

澤向たちも、まだテレビ局の人間には警察だと明かしていない。

「たしかに海も船も見ていました。でもそれは、たまたまその方向を見ていたというだけのことです。精神集中（コンセントレーション）を高めるためです」

「なるほど」

澤向が合いの手を入れた。想定通りの返事だった。明恵が続けた。

「このシーンにセリフはありませんが、そのぶんアクションで、悪女刑事梶川芽衣（かじかわめい）の怒りを体現しなければなりません。海の方向は見ていましたが、頭の中では、撃つ、走る、撃たれる、コンクリートの上を回転しながら進む、という一連の動作を、どう見せるかを必死に考えていたので、正直、見ていたものの記憶はありません」

最後に明恵は、困ったように首を傾げた。名演技に見えた。

若い本庄は唇を噛み、天井を仰ぎ見ている。澤向は思い切って切り出した。

「弁護士は、刑事事件の依頼者の無罪が確信出来なければ、受任しないと言いますよね。当番で国選に当たった場合は別ですが……」

「はい?」

「われわれ、身辺警護担当も同じなんですよ。なにせ、警察は正義の味方ですから。悪人の警護なんてしたくない」

「私が、犯人を手引きしたとでも?」

さすがに明恵が顔を強張らせた。

「すみません。疑うのが仕事でして」

「そういう方の警護は受けたくありません。守っていただいているのか、見張られているのかわからないじゃないですか。もう帰ってください」

明恵が、膝を打って、立ち上がった。これも芝居臭い。女優とかタレントとか言う人種は、ヤクザよりも食えない人間たちのようだ。政治家に近い。

澤向は取引（ディール）に出た。

「我々は引き上げてもいいです。ただし、その場合、神奈川県警に銃撃と放火の疑いについて通報します。たちどころに現場検証になって、あなたは被害者兼重要参考人として、執拗に尋問を受けることになるでしょう。また事件も公表されます。それが『悪女刑事』のいいプロモーションになるのか、逆効果になるのかは、私にはわかりません」

「お、脅しですか？　まるでヤクザですね」

明恵の目にはじめて、本人自身の色が浮かんだ。うろたえている。

「現時点で、警視庁六本木警察署は、松林瑛子さんの拉致事件を追っている。警備課の私たちは、あなたの身辺警護の任務についている。つまりこれは隠密捜査だ。世間に事態が知れないうちに解決されれば、それで終了ということになる。つまり仔細は一切公表されない。あなたは、どっちを望みますかね？」

じっと明恵の瞳を覗き込んだ。

昏い瞳だった。荒涼として見える。単純明快なアクション女優のイメージとは程遠い過去がありそうだった。

「真梨邑さん、相当修羅場をくぐっていますね」

だめ押ししてみた。

明恵はしばらく虚空を睨んでいた。十秒ほどそうしていたと思う。

「ガラの悪い刑事さんのほうが、気が合うかもしれませんね。よろしく頼みますわ」

垂れて顔の半分を隠していた黒髪を掻き揚げて、明恵は不敵に笑った。明恵と外で待機しているマネージャーの大野だけが、澤向たちが警察の人間だと知っている。

「厳密に言えば、俺たち警備課の人間は刑事とは呼ばれない。警護員だ。隠密捜査ってこともある。澤向、本庄、と名前で呼んでくれないか」

澤向は口調を変えた。

「わかりました。澤向さん、本庄さん」

明恵の表情が女優に戻った。

そのとき、いきなり扉が開いた。マネージャーの大野奈々未が血相を変えて飛び込んで来た。

「大変です。小道具の保管庫から、劇用火薬がなくなっているって。それにこれ……」

大野がA4サイズのコピー用紙を振って見せた。カラーコピーだ。

澤向はすぐに駆け寄った。

コピー用紙を見る。そこには悪女刑事の黒革の衣装をまとった明恵が映っていた。ただし、その胸に、ナイフが突き刺さっていた。CGで合成したものらしい。

「やっぱ、敵の狙いはあんただな。いや、正確に言えば、あんたと松林社長のふたりセットということになる」

「わかりました。白状します」

明恵が自嘲的な笑みを浮かべた。

4

明け方。

貨物船「遼東」は東京湾から外海を航海していた。ゆっくりした船足のように思えた。

空が白み始めている。

瑛子は思った。

――二十四時間で人の運命は変わるものだ。

昨日の夜明けは、西麻布の交差点で専用車に乗り込みながら見たものだった。

「はうっ」

いまは潮風に髪を棚引かせながら、スキンヘッドの男の陰茎をしゃぶっていた。陰毛が何本も口に付着するほど、深く咥え込んだりもした。

「お願いします。助けてください」

甲板に連れ出された段階で、いやな気がしていた。船首側ではなく後部甲板だった。

「それは、おばさんの運次第だ」

「あなたのためなら何でもすると、誓います」

「誓ってもらってもなぁ」

スキンヘッドの男は、カーゴパンツと黒のブリーフを足首まで下ろしていた。瑛子の口淫を楽しみながら、片足ずつ、抜いていく。

「よし。そろそろ出るぞ。ぐっと飲み干せ」

「はい。飲みます」

昨夜スカイプの中継が終わると、スキンヘッド男は、一度コンテナを出ていき、一時間ほどで戻って来た。金髪の男を伴って入って来た。

「まったく上は好き勝手なことを言うよ」

「ですよね。重労働は俺たちばかりだ」

金髪の男が、自分の腕をまくって、注射器を指した、覚醒剤を打つ瞬間というのを初めて見た。

「このおばさんにも打ってみるか?」

金髪の男が言った。瑛子は身構えた。

「もったいないだろう。それ北朝鮮製だぜ。やすかねぇ」

スキンヘッドが答えている。シャブにも高級ブランドがあるようだ。しかし自分にはそれを与えるのももったいない、ということだ。

「ちっ。今夜も海の上かよ。兄貴、もう飽きちまったよ。早く、街に戻りてぇ」

「明日の夜は南京町で、地元の女たちとキメセク祭りだ。今夜はせいぜい、このおばさんと、わっしょい、わっしょいしてくれや。俺はしばし見物だ」

スキンヘッドの男は、カーゴパンツのポケットから缶ビールを取り出し、プルを開けた。プッシューとガスが抜ける音がした。緑色の缶。青島啤酒とあった。

スキンヘッドの男が見ている前で、瑛子は、さまざまな体位で金髪の男に嵌められた。

それでも生きられるなら、セックスなんていくらしてもかまわないと思った。そう信じなければ気が狂ってしまいそうだったからだ。

覚醒剤を打った男はタフだった。淫壺の奥に、精汁を出しても、出しても、その陰茎が萎えることはなかった。

瑛子も熱狂した。何度も興奮の波打ち際に打ち上げられ、くたくたになって眠った。

どれぐらい眠ったのかもわからない。

目が覚めたときにはマットの上にひとりだった。汗をぐっしょり掻いていた。のどがカラカラに渇いていた。そこにスキンヘッドが入って来た。暗闇に突然光が差したので、眩しかった。

「お水を、お願いします。お水を一杯だけ飲ませてください。脱水症になりそうです」

そう懇願したら、スキンヘッドの男に甲板に連れ出され、陰茎をしゃぶらされた。

「喉を潤したいなら、絞って飲め」

「出るぞ」

その声と同時に、じゅっ、と粘膜汁が飛んできた。喉が潤った。精汁は何波にも分かれて飛んできた。

「あはぅ」

瑛子は上目遣いで、スキンヘッドの顔を見た。無表情だった。

「そこに座れ」

出し終わるとそう命じられた。デッキにパイプ椅子が置いてあった。言われるままにそこに腰を下ろした。

「股を広げて、クリトリスを剝き出せ」

「はい」

　自分で襞を寛げ、薄桃色の粘膜腔を爆ぜた。ぬらぬらした肉花弁の上に、昨夜別な男にさんざん弄ばれた真珠玉が震え立っていた。しゃぶったり、千切れるほどに捏ねられたりした肉芽はもはや麻痺しているように思われたが、風に触れると、やはりまた疼いた。

　女の体の中にある、どうしようもなくいやらしい尖りだ。いっそ潰して、おまんこの内側にめり込ませてしまいたい。

「クリを扱けよ。穴には指を入れるな」

　風に乗って、命令が飛んでくる。

「もちろんです」

　瑛子は、左手で包皮を押さえ、男の乳首ほどのサイズの肉芽を左右から摘まんだ。

「俺と同じ速度で擦れ」

　スキンヘッドの男も、たったいま射精したばかりの陰茎を握っていた。いきなり速いテンポで扱き始めた。

「あっ、はっ、あうぅ」

　瑛子は後頭部を後ろに反らせ、バストを突き出すような姿勢で、股間の手を動かした。

「おばさん、スケベだよな。もっともっと擦れよ」

自分も右手を猛スピードで前後させている。すぐに亀頭が鬼の形相(ぎょうそう)になった。

「あぁあああ」

瑛子も高まった。次の瞬間、男が前進して来て、両腿を掬(すく)い上げられた。身体が浮く。

「あっ」

スキンヘッドの男の首に手を回すなり、下半身同士が繋がった。

駅弁スタイルでの挿入だ。

「いぃいいい」

男はそのまま、抽送させながら、後部甲板の上で一回転した。大海原が広がっていた。

「いいっ、ずっとこうして繋がっていたいっ」

セックスしている時だけが、命の保証があるように思われた。

そう思っていたのだ。

スキンヘッドの男が、すこしずつ、甲板の端に寄っているのはわかっていた。手すりに尻が当たるのを感じた。火照(ほて)った身体にひんやりとした感じが伝わった。そこに座らされた。

「えっ」

いきなりバストをドンと押された。瑛子は絶叫を放った。男の首の後ろで組んでいた指が、勢いするりと外れた。蜜壺だけが男根を握っていた。瑛子は膣層を締めた。

同時に大気が割れるほど大きな声で叫んだが、男の両手が再び、瑛子のバストを押してきた。乳首に両掌がドスンドスンと当たる。相撲の突っ張りだ。

急激に男の顔が遠のいていく。男が顔を歪（ゆが）ませた。射精した。膣内がぬるぬる、になる。

次の瞬間、男根がすぽんっと抜けた。男の尖端はまだ噴き上げていた。

「いやっ」

瑛子は尻から落下した。白い空の色が消え、すぐに青みどろの世界になった。海水が口の中に流れ込んできた。どこまで沈んでいくのか、わからなかった。

第三章　蠢（うごめ）く影

1

「松林瑛子と真梨邑明恵は、テレビ局の幹部や大物政治家に、性的接待をしていたそうです。相手の名前も聞き取って来ています」

澤向は、昨夜明恵から聞き出したことを、課長の湯田淳一に報告した。会議室でふたりきりで伝えた。湯田が背にしている窓の外に東京タワーが見える。

「それも、セクハラなどを受けていたのではないと、はっきり供述しています。自分たちから積極的に、仕掛けたのだと」

澤向は、明恵が自嘲的に笑いながらそう言っていたのを思い出した。

「あれだけの大物女優と、事務所の社長自らが枕営業をしていたということか?」

「そうです。素人同然だった社長と突如ＣＭとハリウッド映画でブレイクした女優が、魑魅魍魎たる芸能界で生きていくには、庇護する存在が必要だったのだと……」

「テレビ局幹部や政治家がかね？」

湯田は怪訝な顔をした。

「伝統的な芸能界の首領たちよりは、マシだと選択したようです」

「なるほど」

湯田はすぐに理解したようだ。

澤向は、昨夜、贖罪するように語りだした明恵の顔を思い浮かべた。役者という帳を上げた素顔が初めてそこにあった。素顔はあんがい卑猥な顔であった。

吹っ切れたように明恵は言ったものだ。

『根は極道と親戚関係にある芸能界の首領たちよりは、政治家やテレビ局の幹部のほうがマシよ。彼等も守りたいものがあるから』

したたかに生きる女たちの本性を垣間見た気がした。

「松林瑛子の後ろ盾はＴＣＳの副社長石尾彬です。そして石尾が仲介役となって、真梨邑明恵は、民自党の元村弥兵衛と寝ていたそうです」

「どれもこれも爺じゃないか」

「だから、気軽だったそうです」

なまじ若手議員や官僚だったら、たぶん抵抗があった、と明恵は言っている。正直なところだろう。

「政界は与党民自党ばかりかね？」

湯田が聞いてきた。湯田はかつて捜査二課で贈収賄や選挙違反の取り締まりと組対課四係で暴力団担当をしている。

つまり政財界にもヤクザにも精通している男だった。四十八歳の準キャリアだが、BG係が出来てから上層部の覚えめでたく、本来なら三十代のキャリアが座るべき課長のポストを射止めている。もともとはノンキャリアだったが五年前に昇進試験にパスし、準キャリアに駒を進めた。

これには裏がある。湯田も承知でなっていた。澤向ら、闇処理担当だけが真実を知っていた。

「真梨邑明恵は、国民女性党の議員とも関係があったそうです」

「国民女性党だと？」

湯田が茫乎（ぼうこ）たる視線を虚空に這わせた。

「国対委員長の福田清美（ふくだきよみ）とやったと」

「あの大阪弁のおばちゃん議員か」

福田清美は四十七歳の独身議員だ。清新なイメージの国民女性党の中にあって、胡散臭い噂の絶えない議員だ。

「はい、福田議員以外にも、真梨邑明恵の当たり役である『悪女刑事』のヒロイン梶川芽衣の男性的なイメージに、萌えている女性も多いそうです」

湯田は頭を掻いた。白髪である。

ＬＧＢＴ（レズ・ゲイ・バイ・トランスジェンダー）はいまどき珍しくはない。ただし警察機構の中では、まだ告白している人間は少ない。いまなお警察は保守的な組織である。差別はしないと言っても、ひっかかりはあるだろう。

「真梨邑明恵はＢ（バイセクシャル）なのか？」

「そうではないそうです。はっきり男好きだと言っていました。ですが、メリットがあるなら、Ｌ（レズ）プレイも厭わないと」

「たいした根性だな」

湯田が感心したように頷き、窓のほうを向いた。真夏の始まりであった。強い日差しが東京タワーを照らしている。

真梨邑明恵は、まさにたいした根性の女である。そして松林瑛子も。

「官僚関係は？」

「真梨邑明恵は外務省の役人とも寝たといっています。それもＴＣＳの石尾副社長のコーディネイトだったと」

聞かれたことだけ答えた。湯田は注釈を嫌う性格だった。単純明快をよしとしている。

澤向は今朝がた六本木に戻るなり、署でＴＣＳ副社長石尾彬についてプロファイリングした。

石尾は現在六十二歳だ。

五十八歳で制作総局担当の取締役に就任。入社以来、ドラマ畑を歩いて来た。四十五歳で部長に就任してからは、第一制作部の帝王と呼ばれている。

ところが経歴の中にわずかに二年間だけ報道局外信部に配属になっていた時期があった。

三十二歳から三十四歳までの間だ。

澤向はここに着目していた。が、課長には聞かれなかったので答えなかった。

「テレビ局への便宜を図るとしたら、総務省の方が効率いいとは思うが、そっちはなかったのか」

テレビ局への電波の割り当てや監督は総務省総合通信基盤局が行っている。

湯田が着目しているのは、おそらく事実上の贈賄（ぞうわい）だ。金銭の授受（じゅじゅ）以外に、飲食や遊興を提供することも賄賂（わいろ）と見なすことも出来る。

元捜査二課刑事らしい見立てだ。

「真梨邑明恵に関してもなかったと言っています。松林瑛子がどうだったかは不明です。洗ってみます」

澤向は、石尾のキャリアにある外信部と外務省になんらかの関係があるのではないかと感じていた。そこを掘って見たい気もする。

「課長、一課の動きはわかりますか？」

気になっていることを聞いた。

「マンションの防犯カメラに、彼女を乗せた濃い灰色のアウディの車輌ナンバーが映っていたが偽造だった。おそらくすぐに脇道に入ってナンバープレートは元に戻したことだろう。車種と色だけで、主要道路のNシステムや近隣の防犯カメラから探し出すのは容易なことではないよ」

湯田はふたたびこちらを向いた。

自動車ナンバー自動読取装置であるNシステムは、刑事ドラマで描かれているほど豊富にあるわけではない。高速道路や主要幹線道路の県境など、要所に備わっているだけである。

捜査員は地道に、コンビニや個人商店主が設置した防犯カメラの映像をチェックして歩くのだ。同じ時間に界隈（かいわい）を走行していたタクシーにドライブレコーダーの提供を求めることもある。

だがそれには大量の捜査員の投入が必要になる。

殺人事件のような捜査本部（チョウバ）でも立てば別だが、現時点ではあくまでも拉致事案で、所轄の捜査に限られていた。

「防犯カメラのない住宅街の道で大型トレーラーかなんかの腹に収められてしまっていたら、その車は忽然（こつぜん）と消えてしまったことになる」

「あぁ、だから、一課は同時刻に付近に、大型トラックがいなかったかどうかなども調べているそうだ。見当たらないようだがね」

湯田は片笑みを浮かべていた。一課の捜査に進捗（しんちょく）が見られないのが楽しそうだ。組織社会では、どこも同じだ。手柄はひとり占めしたい。

「昨夜、スタジオから劇薬が盗まれたことを、一課には？」

澤向は昨夜のうちに報告していた。

「いや、伝えていない。盗難届は出ていないんだろう。でしゃばって、スタジオの人間の勘違いだったらどうするんだ。それはきみが精査して確証を得てからでもよいのではないかと思ってね」

実に好感の持てる課長だ。

エゴイズムは人間であることの証明のようなものだ。絆(きずな)だとか協調だとかいう言葉を声高に叫ぶ人間を澤向は信じない。

むしろこの課長は信用が出来た。

「充分に精査をしてみたいと思います。できれば単独で」

手柄を持ってきます、という言葉をオブラードに包んで伝えたつもりだ。

「三係は裏部隊だ。つまり捜査手段は択(えら)ばない。単独だろうが、不法侵入だろうが、他の部署に捕まらなければそれでいいんだ。要は真相を暴いて闇処理してしまえばいい」

「ですよね」

つまりはこの事案、解決すれば警備課長の湯田の丸儲けなのである。澤向は、そのぶん湯田の庇護(ひご)のもと好きなような捜査が出来る。

互いの利益が合致している。三係のメンバーはいずれも、勝手な捜査が出来ればそれでよかった。検挙もしくは闇処理そのものにエクスタシーを感じている人間ばかりだからだ。

出世は湯田に任せている。権限を持った代表がひとりいてくれればいいのだ。

ＢＧ三係が闇処理部隊であるという実態を知るのは、六本木警察署内ではこの課長だけだ。署内ではあくまでも、民間人警護担当ということになっている。

一係は、大企業の経営者担当。

二係は、国民的有名人の担当。芸術家やアスリートなどだ。

そして組織図に載っていない三係は、刑事、公安事案と連動した人物の担当である。

これにはストーカー対策も含まれる。

機密を要することはそういう面からもあり、逆に言えば、闇処理の必要性もある。

真梨邑明恵について三係の澤向が出動させられたのは、先に松林瑛子が拉致されたということからだ。本人が直接脅迫されたのであれば、本来は二係の担当だ。

そもそもこのＢＧ係を発足させたのは警視庁警備部長の花田景樹だ。花田の現在の階級は警視長。

警視総監、警視監に次ぐ、警察機構における第三位の階級だ。

五十五歳。

警視総監を狙える位置にいる。

ライバルは同期の刑事部長と公安部長である。いずれも同い歳。共に東大法学部卒であった。五年前、花田なりに点数を上げねばならぬ時期にきていたわけだ。

花田はかねてから攻撃的防衛の提唱者であった。

あいつぐストーカー殺人が起きた際に、警察の対策が問題になった。所轄各署に相談が持ち込まれても、対応しきれなかったのである。

そもそも警察は、事案が発生した後、捜査を開始する特性がある。

公人にはＳＰ（セキュリティポリス）が付くが、民間人を二十四時間体制で警護するのは、人員的にも困難を極める。

もしそれが可能であるとなれば、どれだけの件数が警察に持ち込まれるかわからない。

花田は実験的にＳＰの民間版を総監及び警察庁幹部らに上奏した。内閣府の後押しもあった。

その結果、実験的に六本木署の警備課に設置が認められたのだ。責任上、ノンキャリから課長を選出することになったというのが、裏の実情だ。

警備課は全体で三十名。ＢＧ三係には十名が配置されている。

「ところで、真梨邑明恵の警護体制はどうなっている」

本業での失点は許さんぞ、と湯田の眼が言っていた。

「現在は青山の自宅にいるので本庄が張りついています。これから、ＣＭのイベントに出演するので、私と北村が付きます」

北村卓也(たくや)は三十二歳の後輩だ。階級は警部補になったばかり。元特殊急襲部隊(SAT)だ。二年前、勇み足の誤射をしていまい、BG三係へ飛ばされてきた。

ここはそんな連中ばかりの吹き溜まりだ。

北村の狙撃の腕前はオリンピックの代表候補になれるほどのものだ。残念ながら警察学校の時点でその腕を見込まれSATのメンバーに選ばれてしまったために、オリンピック候補からは外された。

SATはその性格上、狙撃隊員の顔を明かしていない。北村は端整(たんせい)な顔立ちの男であった。

「わかった。厳重に頼む」

湯田が、時計を見た。そろそろ終わりだという意だ。

「揺さぶりをかけてみたいと思っています」

澤向は提案した。

「ほう」

湯田が会議室の扉に向かって歩き出した。

「真梨邑明恵に囮(おとり)になってもらおうと思います」

実は昨夜のうちに、本人と話し合っていたことだ。

「この事案、守りでは、後手に回る危険性があります」

まだ見えざる敵は、相当な頭脳と武力を持っている。そう感じた。

拉致した車の消え方、海上からのライフル射撃。大テレビ局のスタジオからの火薬の盗難。

半グレ組織だけで出来ることではない。得体の知れない大組織が背後にいると見るのが普通だ。

「同感だ」

湯田は、ドアノブに手をかけた。

「お任せいただきたい。課長の副署長昇進への手土産になればと、考えております」

澤向は湯田の背中に、深々と頭を下げた。

「俺は、甘いものが好物だ。酸っぱいのやしょっぱいものは苦手でな」

「畏まりました」

敵の姿が見えてきたら、いっそ甘い罠でも仕掛けてやるかと、このとき澤向はおぼろげに考えた。

その呼び水をこれからうちに行く。

2

「DVD版ではジェーンの吹き替えを担当する真梨邑明恵さんです」

司会者が、明恵を呼び込んだ。東京ミッドタウンのガレリア棟地下一階に設けられた特設ステージ。洋画配給会社の宣伝イベントだった。

背後にミッドタウンガーデンの緑の敷地が見える。冬にはここにスケートリンクが出来る。檜町(ひのきちょう)公園へと繋がる敷地だ。

明恵はステージに颯爽(さっそう)と出ていった。下半身のラインがすべて見えるぴっちりフィットしたレザーパンツを穿いていた。

とくに股座(またぐら)のフィット感が見事だ。

秘裂に食い込むというような卑猥なものではないが、股のカーブがはっきりとわかる。

上半身は、たわわなバストがいまにもはみ出しそうなタンクトップ一枚だ。

ニップレスは貼ってあるが、ノーブラだ。

「確信的なハミ乳の演出ですね」

本庄里奈が顔を顰(しか)めている。

女優は、役を演じていないこうしたイベントでは、艶を競いあうものなのだそうだ。

映画のタイトルは『白い謀略』。

ホワイトハウス内の足の引っ張り合いを描いたドキュメンタリータッチの作品ということで、すでにアメリカでは公開と共に大反響を呼んでいる。

日本では来週の土曜から公開だ。

明恵が吹き替えを担当する役はホワイトハウスの女性報道官。

偶然大統領とロシアの機密を知ってしまいＣＩＡに追いかけ回される役だ。ドキュメンタリータッチとは宣伝用のうたい文句で、中身は荒唐無稽な娯楽作品だ。

澤向と本庄、それに北村の三人は、ステージの下手袖にある控え室にいた。パーテーションで仕切られただけの小部屋だ。

澤向は、昨夜のうちにこの映画のＤＶＤを観ていた。マネージャーの大野が所持をしていたものを借り受けたのだ。

字幕が入っていなかった。したがって会話の内容は三割程度しか理解出来なかった。

大野が言うには、吹き替えの仕事など受けなくても、話題性に事欠かない真梨邑明恵のはずだが、なぜか社長の松林瑛子は、配給会社にこの映画を見せられた直後から、乗り気になっていたそうだ。

それどころか、この作品の日本版の制作を宝永映画のプロデューサーに持ち掛けていたそうだ。もちろん主演は真梨邑明恵で、ということだ。

何かが匂う。

松林瑛子は、政界の何かを知ったのではないか？

数人のレポーターが映画に因んだ質問をしていた。厳密にいえば、仕込みのレポーターしか司会者が指していないのだ。

いわゆる与党記者。あるいは御用レポーターと呼ばれる連中だ。

明恵は、映画の見どころを宣伝担当よろしく解説していた。

「ＣＩＡの捜査官たちを、蹴散らすキャメロン・ハサウェイのアクションは刺激的でした。特にキックですね。私も『悪女刑事』の撮影では、もっと足を挙げるようにします」

そこに、司会者に指されていない記者が、割り込むように声をあげた。

「『週刊東西』の佐々木です。松林社長がこの日本版を制作するという話がありますが、本当でしょうか」

『週刊東西』は、いわゆる実話系週刊誌だ。色と欲とスキャンダルを売り物にしているが、とくに任侠界の動向を報道することに、定評がある。

ヤクザも『週刊東西』を読んで、上部団体の人事を知るという。

「そ、それはまったく未定です」

慌てて司会者が否定した。

「本日は松林社長はいらしているんでしょうか」

記者が微妙な質問を投げてきた。司会者は色をなしたが、これには明恵が答えた。

「いいえ、事務所におりますが、それがなにか？　ふつう社長は現場には来ませんが」

毅然（きぜん）とした言い方だった。

「本当に事務所にいらっしゃるんですね？」

佐々木という記者はつっかかる言い方だ。そこに別な記者が佐々木の質問を断ち切る形で新たな声を上げた。

「あの、真梨邑さん、自伝を書かれるって本当ですか？」

『毎朝（まいちょう）新聞』の西山（にしやま）だ。本来は警視庁記者クラブに所属する社会部記者で、芸能人のイベントを取材するような立場ではない。が、記者は記者だ。澤向が無理やり頼んで、来てもらったのだ。

　予定外の質問に司会者はさらに慌てて、ステージ袖の囲いの中にいるマネージャーの大野のほうを見た。大野は顔の前で手を振っている。

澤向と明恵の密約を知らないのだ。

「はい、書くつもりです。自伝というか、私と松林社長との二人三脚記ですね。タイトルは『女優とマネージャー・芸能海を泳ぐ』です。芸能界の界に海の字を当ててみました」

明恵がきっぱり答えた。報道陣がどよめいた。一般の見物客からは拍手が上がった。

「えぇ～、そうなんですか」

司会者がおおげさなリアクションをとった。

「松林社長とふたりで事務所を起こし、ここまでこれたいきさつを、きちんと記録に残しておくべきだと考えたからです」

「それは素晴らしい」

司会者がおべっかを使う。

「ちょうど事務所も五周年になります。いま書いておかなければ、自分自身、忘れちゃうこともあると思うんですよ。都合のいいことも悪いことも、きちんと書き残しておきたいな、と思いまして」

明恵は笑顔で答えていた。

「ちょっと、ちょっと、これまずいわよ。私、ぜんぜん聞いていないから」

澤向の目の前でマネージャーの大野奈々未が慌てている。

澤向は『週刊東西』の佐々木のほうを見た。佐々木はいきなり顔を歪め、ステージに背中を向けた。スマホを耳に当てながら歩きだしている。

「本庄、あの記者をつけてくれ。どこに入ったかまででいい。深追いは禁物だ。女優は次の現場まで、俺と北村でガードする。次で合流だ」

「了解です」

本庄がすぐにステージ脇から出た。こういう場合、女性刑事の方が追跡に向いている。澤向では刑事であることがバレやすい。

大野奈々未がアシスタントマネージャーふたりと協議していた。

「シンパ記者には、ひたすら謝るのよ。真梨邑がアドリブで答えただけで、出版についてはまったく決まっていないことだって。もう、社長もそういうのちゃんと教えてくれないから」

大野は額の汗をハンカチで拭っていた。澤向は責任を感じた。このアイディアを授けたのは自分だからだ。

「タレントが予定外のことを言うとそんなに困りますか？」

「当然ですよ。イベントのついでに言う内容じゃないですよ。まったく別に会見が出来る情報ですし、やり方は他にあります」

大野の言う他のやり方とは、詳しく聞くと、どこか一社と組んで、特集を組んでもらうという方法だった。

「全社に平等に流しても、どこも喜びません。抜き（スクープ）にならないからです。こうした映画会社の宣伝的なものは一斉に流すほうがいいのですが、個人のプロモーションでしたら、きちんとスポーツ紙一社、ワイドショー一社と絞るのが王道です。そのほうが大きく報道されます。っていうか、社長はどこの版元と組んでいるのかしら」

　版元とは出版社のことだ。業界内では江戸時代さながらに、いまでもそう呼ぶそうだ。芸能界で出版というと音楽著作権の管理会社を指すことが多い。こちらはこちらで楽譜商の流れをいまだに汲んでいるわけだ。出版権とは複製権を意味する。

「いやだわ、私、引き上げるときに問い詰められちゃう」

　大野は、忌々し気に囲いの向こう側にいるマスコミのほうを見つめていた。

「なにか暴露的な話はあるでしょうか」

　毎朝の西山が、もう一発切り込んだ。司会者の顔が蒼ざめた。

「そ、そういう質問は……」

　大野が答えるのを遮ろうとしたが、明恵はマイクを握り直して、笑顔で答えてしまった。

「芸能界の話ですからね。正直に書けば、普通の人は暴露と感じるでしょうね」

大野が悲鳴に近い声をあげて、司会者にむけて顔の前で腕を交差して見せた。×マークである。

司会者が慌ただしく、

「それでは、ここで映画の一部をご覧下さい」

ステージの背後と左右に設置された大型ビジョンからいきなり映像が流れた。ステージは暗転する。

明恵は、仕方なさそうに司会者と共にステージ脇の控え室に戻って来た。

大野が何か言いかけたが、明恵は見向きもせずに、

「澤向さん、早くここを出ましょう」

と言った。

「わかった」

北村とふたりで、左右を固めた。イヤーモニターをつけて、襟章を確認する。民間会社の社章にピンマイクを仕込んである。

「車は、路上に待機しています」

アシスタントマネージャーのひとりが言った。

大野を先頭にして出た。ミッドタウンの内側にではなく公園のある方面に出る。動線は

確保されていた。

映画会社の宣伝部員十人ほどで一時的に一般客の進入を止めている。

すぐに白のアルファードが見えた。明恵の専用車だ。すぐ近くに地下駐車場からの出口があった。

そこから黒のセダンが出て来た。いやな予感がした。澤向は明恵の背中を押して、すぐにアルファードに入るように促した。

黒のセダンが近づいて来た。シーマＶＩＰだった。

運転席側の後部ウインドゥが開く。銃を構えた手が見えた。白い煙が上がったように見えた。

澤向は、明恵の背中を強く押した。明恵は前のめりに車内へと消えた。

パンと乾いた音がする。サイレンサーを付けている。

銃弾は、アルファードのやや手前のコンクリートで跳ねたようだった。あらかじめ手前を狙って撃っている。威嚇射撃だ。周囲の人々は気が付いていない。

黒のシーマは、アルファードを追い越していった。北村がすかさず、拳銃を抜いた。大野が顔を引き攣らせた。

「撮影用のモデルガンだ」

澤向は叫んだ。北村が撃った。本当にモデルガンである。黒い玉が飛び出していく。正露丸のような玉だ。

周囲の人間が笑った。映画配給会社の宣伝部員たちも目を丸くしていた。その中の誰かが言った。

「こんなアトラクション聞いてないよな？」

「事務所側の、演出だろ」

「さすがだな」

そんな声が聞こえた。

確かにモデルガンである。六本木警察警備課ＢＧ三係が開発したモデルガンだ。実弾は入っていない。飛び出して行ったのはゴム弾だ。ただしＧＰＳが内蔵されている。

「捉えたか？」

澤向は聞いた。

「バンパーの隅に付着したと思う。黒い車だったので助かった。気が付かないと思う」

「よっしゃぁ。いよいよ相手の居場所が見えてくる」

3

この日二つ目の現場は、日比谷の劇場街にある有名ホテルだった。

雑誌のインタビューである。

当初はフロント近くのラウンジで行われる予定であったが、澤向が要請してマネージャーに急遽インタビューに都合の良い部屋をとってもらうことにした。

ホテル側は気を利かせてくれた。

結婚披露宴で使う新郎や新婦の控え室が空いていたのだ。本日は仏滅日ということだった。大安だったら、空いていなかっただろう。

とにかくマルタイを隠しておかなければ、謀議する間もない。

明恵を新婦の部屋に入れると、澤向と北村は、隣の新婦側親族控え室に陣取り、本庄の帰りを待った。

北村はタブレットを広げて、黒のシーマの行方を追っている。

ほどなくして本庄が戻って来た。

「記者はロアビルの裏手にある駐車場で車に乗りました。運転席に乗ったので自分の車だと思います。プリウスです。ナンバーは控えてあります。横浜ナンバーでした。捜査照会をかけたところ本人の所有者です」

「プリウスは、そのまま出て行ったのか」

「いいえ。佐々木のプリウスの隣に、アウディのステーションワゴンがやってきました。色は黒なので、拉致現場にいた車とは違います。ワゴン車から坊主頭の中年が出てきました。佐々木のプリウスに近づき、窓越しに封筒を渡していました」

「金だな」

「おそらく。厚さははっきり覚えていません」

「男の顔を見れば思い出せるか？」

組織対策課のファイルを除けば、所轄内のヤクザ顔写真一覧ファイルがある。

「いえ、男は、サングラスをしていたので顔面認証は難しいと思います。また、車のナンバー照会したところ、これも偽物でした」

「写真は撮ったか？」

「はい」

本庄がスマホを掲げた。刑事用スマホだ。セキュリティ対策が一般用よりも厳重になっている。

男は黒のスーツを着ていた。ノーネクタイだ。坊主頭にサングラスをしているが、いかにも暴力の香りがする。

「やけにこのアウディが輝いているな」

「ええ、新車かと」

「なんともいえない。型はやや前のものだ」

そのときタブレットをタップし続けていた北村が、呻くような声を出した。

「さっきの黒のシーマ、東名高速で厚木(あつぎ)を越えて、御殿場(ごてんば)方面に向かっています。いったいどこへ行く気なんだ？」

「GPSはどこまで追える？」

「外されない限り、日本国内なら、追跡できます」

「わかった、目を離すな。とりあえず、長時間停止するまで、その画面は接続しておけ」

「了解」

「記者の棲み処(すみか)は？」

「車検証によれば横浜の野毛(のげ)です。みなとみらい地区の高層マンション群ではなく、反対側の丘陵地帯です」

「揺さぶりをかけに行ってみるか……」

澤向はひとりごちるように言った。

二時間ほどで二誌の取材が終わった。女性誌と映画専門誌でどちらも馴染みの記者で問題なかったが、それぞれの出版社から、自伝の版元をしつこく聞かれ、明恵も閉口したそうだ。

どちらの記者も、その話を把握していなかったことが、社に戻れば上司から叱責されるらしい。

「ハッタリをかましてくれてありがとう。これで相手はよけいに焦る」

「悪いことをしたわ。でもお宅でよろしくってわけにはいかないし」

明恵がミネラルウォーターを飲みながら、肩を竦めた。

「えっ、これって澤向刑事が仕込んだことなんですか」

マネージャーの大野奈々未がコメカミに筋を立てた。生真面目な女の怒った顔は、色っぽい。イメージとしては鉄のガードルを付けていそうな女だった。

澤向は欲情を覚えた。もちろん、立場上、手を出せる相手ではない。

「そうです。松林社長は、何かを知っていたか。あるいは利権を持っていたのではないかと思います。犯罪っていうのはだいたい金、名声、嫉妬と相場が決まっているものです。真梨邑さんという女優の利権そのものでもあるかもしれないし、あるいはおふたりが知り得たことに対して危惧を抱いたというのではないか、というのが、私の見立てです」

「それで、私は知っていることを書くぞって、マスコミの前で宣伝したの。昨夜、そうアドバイスされて」

明恵が、大野に向かって、ごめんね、というように顔の前で手を合わせた。

「言ってくだされればよかったのに」

大野がきつく唇を結んだ。これには澤向が答えた。

「すべてを疑ってかかるのが、警察の仕事なので、大野さんのことも信用しませんでした。こういうのは、身内から騙さなきゃならんのです。さっきの大野さんの慌てぶり、真に迫っていてよかったです」

「そんな、私、番記者に問い詰められて大変だったんですから」

大野は眦（まなじり）を吊り上げた。さらにセクシーな顔になった。本気でやりたくなった。男は絶対やらせないような女とやってみたくなるものだ。

「いっそ本気で書いたらどうだ」

澤向は、明恵に仕向けた。

「まさか」

「書いてしまったほうが、二度と狙われずに済むかも知れんぞ」

「まだ引退する気はないの。それに瑛子社長の安否が確認されていないのよ」

「社長を攫った相手には、充分メッセージになったと思う。ところで、あのマンションの前に現れた男は、こいつとは違うかな？」

　昨夜、彼女はセックス接待については詳しく語ったが、拉致した男については、まだ判然としていないということで、口を閉ざしたままだったのだ。

　澤向は、本庄が撮影したアウディから降りて来た坊主頭の男の画像を見せた。

「！」

　明恵が見るなり息を呑んだ。

「知っているな？」

「はい、この男は、柳田譲二といいます」

　明恵は頷いた。

「何者なんだ」

「日本名を名乗っていますが、香港生まれの中国人ですよ。現在は日本国籍を取得しています。香港と神戸を行き来しています。元は香港映画の殺陣師兼プロデューサーですが、華僑マフィアの一員です」

「華僑マフィアか」

思わず聞き返した。

中華(チャイニーズ)マフィアの中でももっとも面倒くさい相手の名前が出た。

日本国内には、上海系、福建系、香港系、台湾系などのさまざまな中華マフィアが根を張り始めているが、いずれも国内暴力団と連携を深めている。組織犯罪対策課とすれば、国内ヤクザの動向を監視することによってなんとか外国マフィアの動きも捕捉することが出来た。こと外国マフィアに関しては公安との連携も進んでいる。

だが華僑系だけは、捕捉しきれていない。

そもそもが煮ても焼いても食えない連中だ。

豊富な資金を武器に、全世界のブラックマーケットに君臨する彼らの実態はＣＩＡや中国情報局ですら把握できていない。

常に獏とした存在なのだ。

「柳田の所属は？」

「それはわかりません」

おそらく金門橋(ゴールデンゲイト)連合だ。

神戸と横浜。それに長崎に拠点がある。台湾系と香港系が大半である。

「しかし、華僑マフィアが暴力に打って出るとは珍しいですね。彼等はどちらかといえば経済マフィアだ」

北村が言った。確かにその通りだ。

「ここ二十年ほどの間に進出してきた中国本土からの荒くれ者たちと対抗するために、彼らも武装を始めたのだろう。なにせ華僑系はこの国に百五十年も前からいるんだ。新興の田舎者にいまさら利権を与える気はないはずだ」

厳密にいえば、彼らは、江戸時代からこの国に根を張っていたといえよう。最初は長崎。幕末、明治に開港すると横浜と神戸に拠点を張った。

まっとうな商売をしていた者もいれば、幕末から維新にかけて阿片(あへん)の密売で巨利を得た極道もいる。欧米の列強が大砲や軍艦を売っていた時代に、華僑極道は阿片を売りまくっていたのだ。

「明恵さん、あなたたちはどうして柳田と知り合った」

澤向は、明恵に訊いた。

「TCSの石尾副社長の紹介です。私が『悪女刑事』を始めるときに、回し蹴りを切り札にしたいと言ったら、カンフーアクションの専門家である柳田を紹介されました」

「柳田の歳は？」

「五十代後半のはずです。英国統治領だった香港が、一九九七年に中国に返還されるまでは、九龍（クーロン）島の映画会社ブラックハーベストで専属殺陣師兼プロデューサーを務めていたと言っていました。返還と同時に日本に移住してきたのだと。中国名はとうとう教えてもらっていません」

「瑛子社長を攫うときに、紳士に化けたのは、役者の素養もあったようだな」

「たぶん、香港にいた時には、スタントマンとしても出演したとか。役者の心得はあったのかと思います」

明恵の話で、ようやく二本の線が浮き上がってきた。

中国だ。

それともうひとつ、松林瑛子と真梨邑明恵が過去を語られては困る人間がいるということだ。その二本が、どうクロスする？

「TCSのベイサイドスタジオからあなたが眺めていた貨物船、あれは？」

「柳田からメールが入ったんです。瑛子社長がいなくなったと知ってすぐです。今夜はおまえの演技を見ていると。ただし、どこから見ているのかは書いていませんでした。海上かな、と思ったのは、私の直感です。でも確信がなかったので、昨日は言えませんでした。マンションの前での画像もカツラを被っていたし、印象をまるで変えていたので、柳田だと断定は出来ませんでしたから」

「この写真を見て、確信したと？」

「そうです。サングラスを掛けていても、私にはわかります。この肩と背中の筋肉は、柳田のものです」

役者には役者の見方があるらしい。

「あなたと松林社長の口封じをしたいのは、誰なんだろう」

「多すぎてわかりません。私も社長も、大物たちとやりまくりましたから」

明恵はあっけらかんと笑った。女優は怖い。

4

真夜中。横浜、野毛山（のげやま）公園のすぐ近く。

マンション「アトランティック野毛山」の手前の路肩に車を停めた。『週刊東西』の佐々木の棲み処だった。五階建ての中型マンションだ。

ＪＲ根岸（ねぎし）線の桜木町（さくらぎちょう）駅から歩いて十五分ばかりの所に位置しているのだが、界隈は静まりかえっていた。港側を望めば、昨夜見た景色と正反対の角度でみなとみらいの高層マンション群が見えた。その先にわずかにＴＣＳベイサイドスタジオを見ることも出来た。

エントランスの横に五台分だけの駐車場がついており、白のプリウスが停まっていた。佐々木のものだ。

澤向はパジェロで来ていた。

四年前に新車で購入した自分の車だ。色はシルバーメタリック。車は唯一の趣味だ。

澤向はいまだ独身だ。結婚歴はない。不向きな性格だと思っている。

長らく組織犯罪対策課の刑事だったということも影響している。

ヤクザは、その人間が一番弱いところを狙ってくる。家族だ。幸いにして澤向の両親はすでに他界し、海上自衛隊に勤務する兄は、一年の大半を海の上で暮らしている。兄もまた独身だ。親戚とはとうの昔に縁が切れている。

狙われる身内は持っていない。

セックス用の女は数人持っているが、淡白な間柄だ。マルボウも特殊BGも失うものがない身でなければ出来ない仕事だ。

佐々木の部屋は郵便受けから三〇二号だと割り出した。

じっと待った。

午前一時には出てくるはずだ。

夕方、『週刊東西』の編集部に電話を入れた。澤向は佐々木の友人を名乗った。佐々木は、深夜二時に出社するとのことだった。『週刊東西』は大伝(だいでん)社が発行している。大伝社は神田神保町(かんだじんぼうちょう)にあった。

その時間から記事を書き出し、朝までに仕上げるのだそうだ。週刊誌の現場ではよくあることらしい。それまではどこにいるかわからないという。

自宅を探りに行くと、部屋の窓に明かりはついていた。佐々木は四十歳だ。独身だった。刑事と同じで、実話系記者も根無し草ぐらいがちょうどいいのかもしれない。

部屋に押し入るという手もあったが、下手に立ち回られると面倒なことになる。令状(フダ)なしの家宅捜索だと訴えられてもしょうがない。

脱法捜査の場合は、自分が刑事であることがバレないことが最優先だ。今夜、澤向はヤクザになり切るつもりでいた。

エントランスで人影が揺れた。

佐々木だった。髪が濡れていた。湯上りのようだ。紺色のブルゾンを着ている。夏とはいえ、真夜中の外出とあって着こんでいるようだ。

佐々木は、エントランス前の五段ほどの石段を降りると、すぐ脇の駐車場に向かった。やはりプリウスで神保町に向かうらしい。

澤向は、パジェロのヘッドライトを消したまま、前進させた。駐車場に接近した。距離五メートルの位置でエンジンを切った。佐々木が、キーを取り出しロックを解除した。そのままプリウスの扉を開けるのを待った。

佐々木が扉を開けたその瞬間、澤向は、パジェロを飛び降りた。すでにフェイスマスクをしていた。SATが使用するマスクだ。

佐々木がこちらを向いて、顔を引き攣(つ)らせた。澤向はコンクリートを蹴った。慌ててプリウスに乗り込もうとしてる佐々木の肩を摑んだ。手にスイス製のアーミーナイフを持っていた。佐々木は膝を震わせた。

「声を出すな。そのまま車に乗れっ」

澤向は後部扉を開けながら言った。

佐々木が運転席に座るのと同時に、自分は後部座席に腰を下ろした。運転席のヘッドレスト越しにアーミーナイフの刃先を立てる。頸動脈(けいどうみゃく)の辺りだ。佐々木の耳の脇から汗が流れて落ちた。

「怪我をしないようにゆっくり車を出せ。野毛山公園に向かって走れ。いいな桜木町側に降りたら、すぐにおまえの首を切って俺は下りる」

「わかった。昼間の金なら返すぜ」

　佐々木が掠れた声で言った。

「誰に頼まれて、イベントで松林瑛子について聞いた？」

「えっ？　あんた別組織かよ」

　佐々木は緩やかにプリウスを路上に出し、暗い車道を野毛山公園に向けて走った。夜中はほとんど人通りもない道だった。佐々木は言われるままに野毛山公園の外周を回りだした。

「もう一回だけ聞く、誰に頼まれた」

「赤龍団（レッドドラゴン）の張（チヨウ）だ」

「！」

　柳田ではなかった。中国人子息の半グレだ。

「おまえに金を渡したのは、どうみても半グレって歳でもないようだったがな」

「なんでぇ、見てたのかよ。あのおっさんは、ただの受け渡し役だそうだ。どうせ張に、金を借りて返せないオヤジのひとりだろう」

　佐々木は、末端のことしか知らないようだ。

「『週刊東西』じゃ、ヤクザだけじゃなくて、半グレにも番記者を付けるようになったのか？」

澤向は佐々木の頭を小突いた。ナイフは少しだけ浮かせる。

「違う。脅されてんだ。あんた本職なら助けてくれよ。どこの人だ？　黒成会の系列の人かよ」

佐々木の眼が強張った。

「なんで脅された？」

「芸能界と中国マフィアの癒着を探っていた。ところがそれで虎の尾を踏んじまった」

「……」

澤向は、下手に言葉を挟まず、ナイフをふたたび佐々木の首に押し付けた。佐々木の肩ががくんと震えた。

「芸能界は、もともとは黒成会と稲佐組の独占市場だったはずなのに、この五年ぐらいのあいだに勢力図が変わってきた」

その変化は澤向も感じていた。坂口や鶴巻が全盛期の頃は芸能界への睨みはもっときいていたはずだ。

「黒成会系のダイナマイトプロの業界内コントロールも甘くなりだして、これまでなら出ないスキャンダルもガンガン出るようになった。俺は、これはおかしな現象だと思って張り込んだ」

「黒成会にご注進しようと思ったんだろう」

「そうだ。あんた黒成会の人じゃないのかよ」

「質問はするな。続けろ」

「いくつかの新興プロダクションに中国系のバックがついていることが分かった。それどころか、赤龍団の幹部が直接経営していたＡＶプロが、普通のタレントも扱うようになって、そいつらをテレビにも出演させるようになった。おかしいだろ？」

「あぁ、おかしい」

精通している事柄ではないが、同意した。とにかく佐々木に喋らせることだ。

「ＡＶなら、大手事務所も口出ししない。クラブのイベントなどもいちいち、本職を使って威嚇なんかしない。そこらへんから、テレビに出せばでかいビジネスになると踏んだところで、本職と組んだ事務所の登場となる」

「そうだな」

「ところがよ、三年ぐらい前から、直接テレビに出せる新興事務所が出て来たんだよ」

カンヌもそのひとつだったのかもしれない。

「最初に協定を破ったのはＴＣＳだ」

協定とはあくまで、業界内の暗黙のルールだ。テレビ局と大手芸能事務所が、互いの共存共栄のために作り上げたシステムである。

大手ゼネコンの談合システムに似ている。流行に激しい芸能界で、ときどきの覇者がルールを変えては、免許事業者であるテレビ局は困るのだ。

とくに粋がった若者は、大人の芸能プロに仕切ってもらいたい。

そういうことのようだ。

「俺は、TCSの副社長、石尾の動きを張った。やつはやたらと中国系映画人と会っていたからだ」

佐々木が、人気（ひとけ）のない夜道を照らすため、ライトをハイビームにした。プリウスはほぼ野毛山公園を一周してマンションに戻り掛けていた。

「そのときよ、いきなり赤龍団の奴らに拉致されて、注射を打たれたんだ。ポンだよ。そのまま女を抱かされ、撮影された。あとは犬になるしかなかった。なぁ、全部謳（うた）ったんだから助けてくれよ」

佐々木は、乞うように言った。

澤向は処置に迷った。保護し、ダブルに使う手もある。だが、簡単に謳う男は、また相手にも容易（たやす）く落ちる。

迷っている間に、プリウスのフロントグラスの前方に、いきなり閃光が見えた。二、三度光った。

「うわっ」

フロントガラスが蜘蛛（くも）の巣状態になった。

銃弾が続けさまに撃ち込まれたのだ。サイレンサー付き銃だったのだろう。音はしなかった。

佐々木が急ブレーキを踏んだ。エアバックが膨らんだ。

澤向は、後部座席を空け、道路に飛び出した。

前方から十台ほどのオートバイがやって来た。金属バットを持っている。赤龍団だ。六華連合と同じで、本来は暴走族だ。プリウスに襲いかかっている。

澤向は道路を回転しながら、パジェロへと向かった。

乗り込むと同時に、グローブボックスから特殊閃光弾（スタングレネード）を取り出した。非致死性の手榴弾（しゅりゅうだん）だ。自分はヘッドホンを付けた。

パジェロを走らせ、プリウスへと向かう。プリウスはすでにバイクに囲まれていた。ボンネットやルーフが金属バットでボコボコに叩かれている。

奴らは車ごと佐々木を叩き潰すつもりでいる。ガキのやり方だ。

特殊閃光弾をプリウスにめがけて投げつけた。

「3・2・1」

瞳を閉じて、ゼロと唱えた瞬間に、百万カンデラの閃光と一七〇デシベルの轟音(ごうおん)が響きわたった。

瞳を開けると、オートバイと人間があちこちに転がっていた。野毛山動物園の方向から獣たちが叫ぶ声が聞こえてきた。

澤向は、プリウスから、佐々木の身体を引き出した。あと一分遅れていれば、佐々木も叩き潰されていたところだろう。

全身打撲を負った佐々木をパジェロに乗せ、中野の警察病院へ向かうことにする。

警察病院は、最も安全な身柄保護施設でもある。

特殊閃光弾の威力は三分だ。目と耳に一時的な衝撃をうけて意識を失うが、三分で意識は回復する。

おもに中東のゲリラ相手の戦で人質奪回のために使われている。防犯グッズとしても販売されているものだ。ゆえに澤向は、躊躇うことなく使うことが出来た。

澤向は全速力で、野毛山を下った。桜木町駅の手前を左折し、三ツ沢(みざわ)に逃げた。第三京浜で都内へ向かった。

深夜の第三京浜は空いていた。そのぶん漆黒の道であった。ところどころパジェロのライトをハイビームにしながら走った。

直接的な敵は華僑マフィアの金門橋連合と、その配下にある武闘派半グレ組織赤龍団であることが判明した。

だがライトを上げて、暗い高速道の行く手を照らすたびに、黒いコンクリートの底から、あらたな疑念がいくつも浮かび上がってくるように思えた。

華僑マフィアとテレビ局の副社長。ただし役者はそれだけではあるまい。

——案外今回は、敵の敵が味方になってくれるかもしれない。

そんなことを想いながら、ひた走った。

第四章　方向転換

1

「かなり桜田紋が尻に馴染んだな」

六本木のキャバクラ「ホットパンツ」のナンバーワンキャバ嬢、石川茉莉の両脚を抱え上げ、膝が肩に付くまで身体を丸め込んでやった。通称まん繰り返しだ。

澤向は、恵比寿にある彼女のマンションを訪ねていた。真っ昼間だ。

「いやんっ、バックで眺めるんじゃないの？」

自分の両膝の間から顔を出した茉莉が、目を細めて言う。

「いや、こうすると、五枚花弁のサクラ、二枚花弁のまんこ、六枚花弁の柘榴が並んで見える。バックだと、まんビラがはっきり見えない」

「比べないでよ」

茉莉が目を閉じた。頰も真っ赤に染めていた。枕キャバ嬢とは言え、さすがに恥辱に燃えているようだ。真ん中の薄桃色の二枚花がくねくねと蠢いている。

玄人の女の営業用の仮面を剝がすのは、ことのほか楽しい。

「でも、出来れば、まんビラだけ、見てよ」

目を閉じたまま、茉莉が甘えるような声を上げた。

「いや、やっぱり俺はサクラのマークが好きだ」

左の尻たぼに浮かぶサクラを愛でるように撫でた。

「尻の左右に、ワッペンを貼っているようで恥ずかしいわよ」

茉莉は、目を閉じたまま言っている。

「真人にはまだ見られていないのか」

右の花びらタットゥ柘榴を眺めながら言った。六枚花弁。半グレ集団六華連合の総長、結城真人が自分の女に入れさせるタットゥだ。

最初は嫉妬の想いで眺めていたが、いまは親しみを感じていた。六枚花を眺めていると、結城と対面している気持ちになる。

澤向の勃起がさらに反りかえった。すでに真っ裸である。右肩と腰骨の辺りに青痣がある。昨夜、野毛山で道路に転がり落ちたときについたものだろう。軽い痛みはあるが、セックスに支障はない。

亀頭を二枚の花の間で上下させた。

「口で舐めなくても平気？」

薄眼を開けた茉莉は聞いてきた。健気(けなげ)である。だが、澤向は茉莉の顔を一瞥(いちべつ)しただけで、ふたたび柘榴のほうを見やった。

「今日は省略だ。挿入するぞ」

「はいっ」

まん繰り返しされたままの茉莉が、みずから自分で足首を握って、股間を上に向けてきた。亀頭をぐっと押し込んだ。正面から挿入するのは初めてだった。前回は四つん這いにしてバックからだけ攻め立てた。どうにもこの六華のタットゥが気なったからだ。

「あぁあん。強いっ」

茉莉が首に筋を浮かべた。膣は前回よりも締まっている感じだ。開いた傘のような鰓で、膣壁をぐいぐい擦り立ててやった。茉莉は荒い息を吐き始めた。

「ぜんぜん、優しくないのね。あんっ」

「真人は優しく抱くのか？」

やはり多少嫉妬しているようだ。澤向にしては珍しいことだった。茉莉にサクラのタットゥを彫らせたことで、自分の女であるという意識が高まっているようだ。澤向は己の単純さに呆れた。女に意識を向けさせるために入れさせた彫り物で、自分が強く意識してしまっている。茉莉が、自分にとって、特別な女になったような気がしてならないのだ。

「記憶にないわ。それに挿入されているときに他の男のことは考えたくないわ……あんっ」

嫌がることをしたくなる。腰を振りながらそんなことを思った。

「3Pはするのか？」

抽送しながら聞いた。茉莉の肉層がどんどん狭まってくる。圧迫感がたまらなくいい。

「私は風俗嬢じゃないのよ。『ホットパンツ』の客に枕を仕掛けたり、ＭＤＭＡ（タマ）を売ったりしているのは、すべて真人のためだと思ったから。真人にふたり同時にとオーダーされたことはないわ」

「そうか」

乳首に歯を立てた。硬直していた。勃起していない乳首ほど色気のないものはない。逆に、こんなふうにビンビンにしこった乳首は、最高に艶（なま）めかしい。ピストンしながら、乳首を舐め、さらに右の親指でクリトリスを刺激してやった。

「はんっ。あぁ、いいわ」

茉莉の総身がピンク色に染まった。

尻のサクラと柘榴のタットゥもそれぞれ濃い色になった。

「体位を変える、四つん這いになれ」

「はいっ」

挿入を一度解くと、茉莉はすぐにベッドの上で服従の体勢をとった。

差し出された尻を抱きよせ、赤味を帯びた亀裂に再挿入する。ぎゅっと締まった。男根の入った亀裂の隙間からシリンダーの要領で、山芋のとろのような白い粘液が溢れ出て来た。どんなに美形な女でも、発情した性器の様子はグロテスクだ。

「はうぅっ」

背中を反らし、髪を振り乱す茉莉に怒濤のピストンを叩き込みながら、丸見えの紅い窄まりに親指を宛てがった。少し押す。

「うぅんん」

茉莉の声が裏返った。

すかさず、もう一方の手を前に回し、クリトリスも擽ってやる。ときどき、指が滑って、自分の棹腹にも触れた。下品な攻め方であるのは承知だ。

「あんっ、いやっ、そんな三点攻めとかされると、すぐに昇きたくなるよ。あっ」

茉莉の高まりを感じた。背中に一気に汗が滲んだ。澤向はラストスパートの抽送をしかけた。

「早い、凄く早いよ。あぁああ、いくぅううう」

そこで、スポンと抜いた。

「えっ」

茉莉が尻を震わせたまま、上半身を捩じって澤向の顔を覗いてきた。縋るロープを失い、落下しながら手を動かしている人間の瞳だ。

「おまえのスマホは？」

澤向は棹を握り締めたまま尋ねた。茉莉の白粘液がネバネバしている。

「な、なんで、いまスマホなんですか」

茉莉の瞳は充血していた。

「いいから、スマホを出せ」

「はい」

虚ろな視線を彷徨わせながら、茉莉が半身を伸ばし、ベッドサイドにあるローテーブルからバッグを引っ張り上げた。ベージュのケリーバッグだった。

「早く出せよ」

尻に平手打ちを食わせてやった。もちろん右側の柘榴を打った。

「あんっ、子宮とクリに響くっ」

茉莉はぶるぶるっと身体を震わせた。しまった、昇天されては困る。すぐに右手を伸ばし、クリトリスを擽った。

「いや、あん、いっちゃいそう」

その言葉で指を止めた。

「いやあああああ」

茉莉が涙目になって、ベッドにスマホを放り投げた。警察手帳のデザインをしたスマホケースに入れてあった。いじらしく思えた。一瞬、計画を躊躇(ためら)いそうになる。

スマホを放り投げた茉莉は、ベッドの上でうつ伏せになった。右手が股の下に隠れている。欲求不満の際(きわ)に追い詰められている茉莉は、オナニーで昇(い)ってしまう魂胆(こんたん)だ。

澤向は、すぐさま茉莉のケリーバッグが置いてあったのとは逆のベッドサイドに手を伸ばし、脱ぎ捨ててあった背広のズボンを引っ張った。ベルトに手錠(ワッパ)を吊るしている。素早く取り出した。

「あんっ、いきたいっ、寸止めなんて卑怯者(ひきょうもの)のすることよ」

上半身を起こして茉莉の全身を俯瞰で見ると、右の肩から腕が激しく動き、尻山が尺取り虫のように上下している。

昇かせてはならない。

悟られないように背後から近づき、茉莉の尻の上に蟹股で跨った。すっ、と彼女の右手を引く。

「いやっ。クリトリスと穴を触りたいっ」

顔だけこちらに向けて、抗議する茉莉を無視して、両手を後ろに回し手錠をかけた。

「逮捕っ」

「いやああ、なんで、なんでっ」

「無許可自慰だ」

茉莉は両手を後ろ手に取られながらも、太腿を擦り合わせていた。寄せマンだ。肉襞と包皮を寄せ合わせて陰核を刺激しているのだ。

「勝手に揉むな」

澤向は立ち上がり、茉莉の右足首をとって、外側に開いた。女の秘裂がガバリと開く。

「なんてことをっ」

うつ伏せの体勢から、中途半端に拡げられた女の秘裂は、普通に正面から両脚を開いたときよりも遥かに生々しく見えた。

不意を突かれて暴露された紅い秘裂は、澤向の網膜に沸騰ふっとうしているように映った。

「いやぁ～、いまいきそうだったのに」

茉莉が発狂したように叫んだ。太腿の付け根を、ヒクヒクと痙攣けいれんさせている。

「この恰好のまま、真人に電話しろ」

「なんですって」

「いますぐ、ここに来るように言えよ」

「無理よ」

「いまは、俺の女なんじゃないのかっ」

足を伸ばして、親指で女の花弁を撫でた。

「あぁああ、そこじゃなくて、突起を潰してっ」

「潰して欲しけりゃ、真人を呼ぶんだ」

「あなた、本気なの？」

「あぁ、本気だ。どっちの女なのかシロクロつけようじゃないか」

「あなた、むちゃくちゃだわ」

「おまえは、ここがぐちゃぐちゃだ」

足の親指で、濡れた粘膜(ねんまく)の上を撫で回した。

「あぁああ、もう、わけわかんないっ」

茉莉が息を弾ませながら、スマホをタップし、耳に当てた。真人が出たようだった。

「あたし、いますぐ来て」

真人が返事をしている。

「えっ？　いま、私がどうしてるかって？」

茉莉が首を曲げて澤向に視線を向けてきた。

「他の男に、強姦されていると言え」

「私、やられている。その男が真人に用があるって」

「赤龍団(レッドドラゴン)について相談があると伝えてくれ」

茉莉が、それはどういうこと？　という眼をした。

面倒くさいので、クリトリスをほんのわずかに足親指の腹で撫でてやった。茉莉は呻いた。

「あぁああぁ、早くっ」

真人は電話を切ったようだった。

「ひどいっ、男っていつも仕事のために私を利用するっ」

茉莉が泣いた。愛らしい瞳からボロボロ涙をこぼしながら、顎をしゃくり始めた。

「悪かった」

澤向は、茉莉の尻を抱き寄せ、尻たぼの底に見えるピンクの秘裂にグサッと男根を埋めてやった。

「あぁああ、もうマジわけわかんないっ。でもいくぅうう。ずるいよぉ」

茉莉が髪を振り乱して歓喜した。

2

本庄里奈は、ロアビルの裏手にある駐車場を張っていた。敷地の中にいる。

久しぶりにバイクに跨っていた。愛車のハーレーダビッドソン・ダイナFLD。二〇一六年モデルだ。かつては白バイ隊にいたのだが、走行中の車を過剰制止したかどで、BG三係に転属になっていた。

なにが過剰制止だ。

相手は煽り運転の常習者だ。あのとき、走行しながら奴の車のフロントガラスを特殊警棒で叩き割らなかったら、あういう輩は何度免停を食らっても、またやったに違いない。

恐怖には恐怖をだ。

あの男、走行中に真横についた白バイが、まさか特殊警棒を振るうなど思ってもいなかったのだろう。ちらりと横眼でみながら、微笑(ほほえ)みやがったのだ。体型をみて女性白バイ隊員だと、タカをくくったに違いない。幅寄せしてきやがった。

それで、フロントガラスをガツンとやった。

時速百キロ以上で走行している最中に、目の前のガラスが蜘蛛の巣状態に罅割(ひび)られて、視界ゼロになったのだ。男がパニックを起こしたのは言うまでもない。顔を強張らせ、急ブレーキを踏んだ時には、小便を漏らしていた。

引きずり下ろして、その場で手錠をかけた。

里奈としては、後続車と充分車間距離をとっていたつもりだった。

事実、すぐ後ろにいた車は、ウインカーを出して、停車した煽り運転者を悠々と回避していった。五台ぐらいがそうやって通り過ぎた。

里奈に運がなかったのは、発煙筒を焚(た)くまえに、遥か後方にいた車がわき見運転をしていて、急ブレーキを踏んだということだった。その車は追突された。

現場検証の結果、急停車させた里奈の責任が問われることになった。

保険会社の弁護士との間に示談が成立し、起訴されるには至らなかったが、白バイ隊員としては失格者の烙印を押されてしまった。悔しいが当然の処遇である。

転属先がBG三係だった。非公然部門のいわば裏刑事だ。だが、里奈はこの任務をありがたく受けた。

現場の警察官を続けられるだけでも神に感謝だと思ったからだ。

配属されて一か月で、さらにこれは天職に巡り合ったと確信した。

集められた人材は、すべて転属前の部門で問題を起こした者ばかりだ。いずれも癖がある。

だが、正義感が感じられた。平成も三十年が過ぎようという時代に、ここにいる刑事たちは昭和の遺物のような連中たちだった。

一口に言えば、洗練されていない。

いまどきありえない、命知らずだ。

この部署に回されてから里奈は妙な、心の落ち着きを感じていた。それは、警察官として、職務上容疑者を検挙するのではなく、正義のために闇処理をする部署だからだ。警察官として、不条理に悩むことがなくなった。

だめな奴を倒せばいいのだ。

鳥居坂の方向から黒のアウディのワゴンがやって来た。やはりこの駐車場に入った。

里奈は、フルフェースのメットを被り、顔を隠している。ナンバーを確認した。やはり昨日見たナンバーとは違っていた。

アウディは、一番端のスペースに入った。幸いなことに、真横のスペースが空いていた。

運転席から降りて来る男を確認した。

柳田に間違いなかった。今日は黒の背広にカツラを付けている。一見、銀行員風だ。ちらりと里奈を見たが、さして興味は示さなかった。

柳田が徒歩で出ていくのを見守った。ロアビル方面に曲がっていった。外苑東通りのハンバーガー店の前で、北村が見張っている。

ヘルメットに取り付けられたインカムで、北村に伝える。

「そっちに歩いて行きました」

〈了解。おぉ、見えた。こちら徒歩で尾行開始。車の確認よろしく〉

北村の陽気な声がする。元SAT隊員。イケメンだが、女嫌いだそうだ。どうしてそうなったのか、知りたいがいまだに聞くチャンスがない。

BG三係に転属になった理由は知っている。誤射だそうだ。その時の状況も気になる。とても誤射などするような気性に思えない。

「OK、車、叩いてみます」

〈窓以外をな〉

「承知しています。窓を叩いても、証拠出ませんから」

〈頼んだ。柳田は、飯倉片町方面に歩いている。追尾する〉

そこでインカムを切った。

里奈はあたりを見まわした。人気はない。ハーレーを黒のアウディの真横につけた。

防犯カメラを確認する。見えるのは仕方がない。こちらも偽造ナンバープレートを付けている。犯罪者に出来ることは、警察は全部できる。

里奈は、特殊ブーツを履いてきていた。

爪先(つまさき)に鉄板を入れたブーツだ。家宅捜査の際に使用するブーツで、開いた扉の隙間にいったんねじ込めさえされば、被疑者はいくら閉めようとしても、対抗できるブーツだ。

その堅牢(けんろう)なブーツで、里奈はアウディの後部扉を蹴った。

一発、二発。扉がへこむ。塗装面が崩れた。パラパラ落ちた破片を拾う。

やはり黒を拭きつけたばかりだった。内側に元の色を示す濃い灰色が見えた。

確信を持った里奈はバイクを飛び降り、リアバンパーのナンバープレートを探った。

やはり上貼りされたプレートだった。スライドさせて引き抜くと、なんと青地に白のナンバーが出て来た。品川や練馬の代わりに「外」と書かれている。

外(がい)ナンバー車だ。外国大使館員の公用車に配布されるナンバーだ。基本、大使館と同じで、治外法権となる。

最初の二桁が９１。このナンバーの国は中国だ。

――大使館が絡んでいる。

里奈はすぐに、澤向と北村にラインで知らせた。

3

北村は、昨夜八時間にわたって、東京ミッドタウンで発砲していった黒のシーマをGPSで追跡していたが、神戸でようやく完全停車したそうだ。いまも神戸南京(ナンキン)町付近のパーキングにいるらしい。

そんなことを思い出しながら歩いていると、本庄里奈からラインが入った。

アウディが外ナンバーであったという連絡だった。しかも中国。

胸騒ぎを覚えながら、尾行をつづけた。

飯倉片町交差点の手前。

老舗中華料理店の「新南海園」が見えてきた。

真向いに外車のショールームがある。飯倉片町の交差点を東京タワー側に渡れば外務省外交史料館本館。その先にはロシア大使館がある。

柳田が新南海園に入った。

北村も追って入った。柳田は店内奥の屏風で囲まれた席に消えていった。個室ではなかった。

北村は、窓際の席に着いた。

注文を済ませ、トイレに向かうふりをして、なにげに屏風の折り目の谷に無線マイクを挿し込んできた。

音楽でも聴くふりして、刑事用スマホにイヤホンをセットする。

いきなり耳に飛び込んできたのは北京語だった。北村は北京語を理解しない。広東語も含めて外国語には通じていない。

坦々麵が目の前に置かれた。

箸で掬いながらそれでも柳田が入った席の会話に神経を集中させた。せめて英語ならば、理解できる単語から全体を想像することが可能というものだが、北京語ではやはりどうにもならなかった。

会話はふたりだけでなされているようだった。柳田の相手は誰か？

この時点では、坦々麵を味わう以外、なす術がない。ただし会話は録音してある。署に戻れば解明は出来る。

と、入店してきたばかりの男が、屏風の中に消えた。鼠(ねずみ)色の背広に白髪の男だ。

「山本(やまもと)さん、遅いじゃないですか」

突然日本語になった。柳田の声と推察できる。

「いやいや申し訳ない。突然、官邸に呼び出されましてね」

官邸に呼び出された？

この男、官僚か？

「朝鮮半島を巡る中国の動きの解説ですか？」

別の男の声がした。柳田ほどスムースな日本語ではない。

「その通りです。米朝韓の急速な接近に、官邸は焦っています。中国が完全に北の後ろ盾としてカムバックすると日本はやりにくくなる」

山本が息を弾ませている。急いでここに来たということだろう。

チラリと屏風のほうを覗(のぞ)くと、ウエイターが生ビールのジョッキ三個を載せたトレイを掲げて中に入って行った。

「日本はたぶん取り残されますね」

これは柳田の声であろう。脅しのような言い方だった。

「総理は、すこしアメリカの金髪大統領を信頼しすぎた。彼は政治家ではなく商人ですよ。都合の良いほうへとすぐに転びそうだ。まずは一杯いただきましょう」

山本が音頭をとった。カンペイ、カンペイ、カンペイと口々に言っている。これはわかった。乾杯だ。

「五年後に平壌(ピョンヤン)にアメリカ資本のホテルが完成するかもしれない。ポーカーホテルとかいう……」

柳田が言った。

「その前に、北京と上海に出来るんじゃないですか。ポーカータワー。ニューヨークと同じデザインのものが」

山本が皮肉のように言った。

「我が国は、そんな約束をしておらんよ」

もうひとりの男が言った。これは誰だ?

「王(ワン)さんは、本音を教えてくれないからなぁ。こっちは免許事業の放送局の幹部まで差し出しているのに」

北村は噎せた。

刑事用スマホを見てRECマークが緑色になっているかどうか確認した。問題なさそうだ。

「そのぶん、日本の映画、ドラマの制作に中国マネーをどんどん注ぎ込んでいる。それもわからないようにね」

王と呼ばれた男が言った。

「官邸から、そのことに対して釘を刺された。最近、総務省の眼が厳しくなっている」

山本の声は弁明しているように聞こえる。

北村は、鞄の中からタブレットを取り出し、澤向と本庄にメールした。録音中の刑事スマホを停止させるわけにはいかなかった。

【王という中国人と山本という官僚が柳田と共に話している。人物特定願う】

澤向から返信があった。本庄も含む同報メールだった。

【S中。即答叶わず】

北村は、思わず頬杖をついた。S中は、セックスの最中であることを示すBG三係内の隠語だ。

任務中だが、ビールが飲みたくなった。そうでもしなければ気が収まらない。

「生をひとつ。小サイズでいい」

片手をあげてウエイターに伝えた。高級店とあって一杯が高い。小にした。

本庄から返信があった。澤向も含む同報返信だった。

【警部、真っ昼間から最低。私が湯田課長に連絡してふたりについて調べます】

北村は、少し気が晴れた。

柳田たちの会話は続いていた。

「官邸はホワイトハウスに気を使っているんだろう」

王の声だった。

「日米基軸は、現時点で我が国の基本政策ですから」

山本が答えている。この男の立場を早く知りたい。

「現時点でだろう。国際情勢はいま大きく変わろうとしている。北の刈り上げデブが、核を手放して、アメリカの金髪デブとよろしくやろうじゃないかということになれば、朝鮮半島に米軍がいる必要がなくなる。そうなれば、横田や沖縄の米軍基地の存在価値も問い直されることになるだろう」

「アメリカの金髪デブは、自国の経済が優先だ。シンガポールでの米朝首脳会談後の記者会見でも、いちいち爆撃機を飛ばすのにも金がかかると、商人感覚の話をしていた」

「しかし、日米は安保条約を結んでいる」

いちおう山本は原則論で対応していた。

「北朝鮮の脅威がなくなれば、守る必要もなくなるだろう」

「ほくそ笑んでいるのは、まさに貴国ですな」

山本がビールを飲む音がした。

朝鮮半島の緊張緩和が収まり、米軍が撤退することになれば、いよいよ中国が影響力を行使しだすだろう。韓国にはすでに北寄り、中国寄りの政権が誕生している。

日本は自由主義国家として米国および西欧ブロックの一員だが、地政学的には隣国の中国の影響を受けやすい。

「いずれ貴国は、朝鮮半島も日本も、もともとは中国の一部であったと言いだすんでしょうな」

山本がビールのあと何かを口に放り込んだようだ。

北村は、運ばれてきた生ビールを呷りながら、首筋の汗を拭った。なんとも生々しい会話のやり取りだ。

韓国と日本がフィリピンの二の舞になる可能性がある。

フィリピンのルソン島には、かつてクラーク空軍基地とスービック海軍基地という米軍の二大拠点があった。

ところが親米のマルコス政権が倒れた後に、強烈なナショナリズムが吹き荒れ、フィリピンは米軍の撤退を求めた。

一九九二年、米軍が完全に撤退すると、南シナ海のプレゼンスは大きく変わった。すぐさま中国が実効支配に入ってきたのだ。

「もともと日本は中国大陸の一部だったはずですよ」

王が、こともなげに言った。

この男は何千年前の話をしているのだ?

イヤホンを通して聞こえてくる声に、北村は神話かおとぎ話でも聞かされている錯覚を覚えた。

「だいたい日本は漢字を使っている。祖先が我々の国だった証(あかし)です。百六十年前に、アメリカのペリーに脅され、屈服したにすぎません。いずれ中国に戻るべきです」

王が淡々と言っている。

「何十年か先にそうなることになるやもしれません。いや、百年先かもしれない。しかし、そうなるためには、日本国民の意識変化が必要です。現時点で、アメリカよりも中国がいいと思う国民は少数です」

「そのイメージアップ戦略を、あなたやTCSの石尾さんにお願いしている」

山本という男が仲介役のようだ。

柳田は黙ったままだ。政治的な会話に加わる気はないようだ。

と、そのとき、本庄里奈からメールが入った。

【王躍進。五十六歳。駐日中国大使館観光局事務官。というのは表向きの肩書で、上海機関の工作員です。ソフト工作担当で、マスコミを使った印象操作の任務を負っているようです。湯田課長が、警視庁の公安部のファイルから直接引っ張ってきた情報です】

北村はビールを呷った。

すぐにもう一本入って来た。

【山本真輔（しんすけ）。五十七歳。外務省アジア太平洋局中国二課主任分析官とのこと。二課経済担当です。また主任分析官とは常態的にある役職ではありません。山本はノンキャリで、特別にその肩書きを得ていますが、実際の職位は一般事務官です。民自党の元村弥兵衛と国民女性党の福田清美（ふくだきよみ）の後押しもあり、省内では中国対策のプロとして重宝されています】

同時に澤向にも送られている。

民自党の元村弥兵衛。国民女性党の福田清美。どちらも親中国派を標榜（ひょうぼう）しているが、闇利権の窓口であるといううわさも絶えない。

元村は、民自党の親中国派の主流には属していないはずだ。福田は、いまはなき新民党が政権を担った際に、連立与党の一員として外務副大臣に就いたことがある。その際に中国利権の味をしめたという。

親中派を気取っていても、政治的核心があるわけではない。利権漁りだ。

いまごろセックス中の澤向もこのメールを読んでいるに違いない。

彼の頭の中では、さまざまなことが繋がってきているのではないか。

「老酒」

イヤホンの中で突然、大声がした。北村は耳を押さえた。思わず屏風のほうを向いてしまったが、あわてて視線を窓の外へと戻した。屏風を見ていてはいかにも不自然である。

柳田がウエイターを呼んで、追加オーダーをしていた。

王が話を続けている。

「石尾さんも早く、TCSで中国のイメージアップになるようなドラマを制作して欲しいものだ。とくに習政権の美化を」

「まぁまぁ、そう急かさないでください。テレビ局は政治的に中立であらねばなりません。BPO（放送倫理番組向上機構）の目がある。だからまずは映画だと言っている。いまTCSが座長になって製作委員会を立ち上げようとしてくれています。もちろん外務省も全面的に協力するつもりですよ」

「そうやって、あなたたちは、私たちから出資させることばかり考えている。今回だって、石尾副社長の喉元に刺さったナイフを、彼らに頼んで、抜いてもらったじゃないですか。ねぇ柳君」

「はい。ナイフはすでに海の底に沈んでいます」

どういうことだ？

北村は、澤向と本庄にメールした。

老酒が届いたようだった。数秒して柳田が屏風の外に現れた。テーブル席を見渡している。北村は窓の外だけを見ることにした。

その窓の向こう側、外車のショールームの前に、目付の悪い男たちが集まって来ていた。

半グレのようだが、六華連合とは違って見えた。六華の連中ほど垢ぬけていない。そんな印象だ。赤龍団。どうも奴ららしい。

奴らは、こちらを向いていた。北村は身の危険を感じた。すぐに澤向と本庄にメールした。

4

「おいこらっ、てめぇ、俺の女に何してんだよ」

結城真人が、いきなりナイフを持ったまま入って来た。獰猛な目をしている。黒革のジャンパーを着ていた。ボトムスはブルージーンズだった。

ホストでも稼げそうなほどのイケメンだった。

迂闊であった。

バックスタイルで茉莉の淫壺に挿入したまま、メールを読んでいて、玄関の扉が開いたにもかかわらず、気づかなかったのがいけなかった。

だが、澤向はすでにベッドサイドに拳銃を用意していた。M360Jサクラだ。

「うるせい。いまは俺の女だ」

真人に銃口を向けた。

「腐れ外道が、てめぇ春日組かぁ。チャカぐれぇで俺が驚くと思ってんのか」

真人は刃先を澤向に向けたまま、ジャンプしてきた。茶髪が真上に跳ね上がった。整った顔がこちらに向かってきた。

頸動脈（けいどうみゃく）を狙った躊躇いのない跳躍の仕方だった。

澤向も躊躇わず、銃刃（トリガー）を引いた。消音器（サイレンサー）はつける間はなかった。

オレンジ色の銃口炎（マズルフラッシュ）が噴き出し、乾いた銃声が轟いた。金槌で鉄骨を叩いたような音だ。真人の胸に命中した。黒革に穴が開き煙が吹きあがている。

「うわっ」

真人の身体が揺れた。跳ね返りはしなかったが、身体が捩じれて、澤向に届く前に落ちていた。ベッドの手前だった。クッションに顎を打ち付けていた。

「おっさん、シャブ切れ？　まじ実弾って、狂ってるね」

真人が顎を撫でながら、ベッドの上に這い上がって来た。革ジャンの穴の開いた胸の辺りを押さえている。血は流れていなかった。ナイフは後方に飛んでしまっている。

澤向はまだ挿入したままだった。銃口を真人の額に向けながら、尻を振った。茉莉は失禁（しっきん）していた。

「結城真人、裸になれ。今度は防弾ベストの範囲外を狙うぞ」

「あんた刑事さんかよ、まいったね。白昼堂々と発砲とは。ご近所さんは何事だと思っているよ」

真人が、諦めたような目をして、服を脱ぎ始めた。半グレの頭（アタマ）を張っているだけあって、用意周到なうえに置かれた立場への理解力も早い。

澤向を、自分と同じような破滅的な人間だと認めたらしい。

「なあ〜に。リモコンでも落としたぐらいにしか思わねぇよ。都会人は他人には無関心だ」

真人が脱ぐのを見守りながら、ピストンを打ちつづけた。

「あん、いや、私、どうしたらいいの。おかしくなっちゃうわ。はぁ〜ん」

茉莉は途方に暮れたような目で、壁を見ながら喘いでいた。澤向の方も、真人の方も見ようとはしない。

「気持ちいいって言え。おまんこが気持ちいいって言え」

澤向は、右手の銃を真人に向けつつ、左手を伸ばして茉莉の股間をまさぐった。コリコリになっているクリトリスを刺激した。

「あうぅううう、いくぅううう」

茉莉が背を反らせる。

「おっさん、マジいい根性している。俺の傘下にAV制作会社があるから、そこで男優やってみないか」

革ジャンとTシャツ、それに濃紺の防弾ベストも脱いだ真人が、肩を竦めていた。ブルージーンズはまだ穿いたままだ。

足元を狙って、もう一発撃った。ウッドフローリングから硝煙が上がる。木屑も散らかった。

「ごたごた言ってねぇで、下も脱いで、チンポを出せよ。あぁ～出そうだ」

澤向は顔を歪めた。少し漏らしていた。

「あんた、マジ狂っている」

真人がジーンズとブリーフを脱いだ。ピチピチのビキニブリーフだった。

「これでいいか。おっさん」

真人が両手を広げた。真っ裸だ。肉茎は半勃起だった。

それにしても大きい。

棹の根元の皮に髑髏（どくろ）のタットゥを入れている。それも筋彫りではない。アメリカンコミックスのような立体感のある彫りだ。

「茉莉の前へ出て、大きくしてもらえ」

銃口をむけたまま命じた。

「何がしたいんだよ？　俺あんまり遊んでいる暇ないんだけどな。もうじき、下が上納に来る時間だし」

真人が頭を掻きながら、ベッドに上がって来た。表情は柔和を装っているが、眼には獰猛な光が宿っている。いつ飛びかかって来てもおかしくない獣のような鋭さだ。

「茉莉、しゃぶれ」

「は、はいっ」

背後から貫かれながら、口では真人の亀頭を咥えた。

「おぉおっ」

真人が武者のように身体を震わせた。茉莉の口の中で、一気に勢力を増した真人の肉茎は、まさに馬並だった。

「気持ちいいか？」

ふたりに聞いた。ピストンを早める。もう完全に噴き溢し始めている。膣壺も熱気に沸き立っていた。

茉莉は咥えたまま頷いた。

「あぁ、こいつの良さは、俺はとっくに知っている」

「大きくなったか？」

「まぁな」

真人が照れ臭そうに頷いた。初めて人間味のある目をした。

「茉莉、本当か。抜き出して見せろ」

澤向は、右腕を伸ばし、真人の左胸に銃口を突き立てながら、命じた。

茉莉が、口から陰茎を抜いた。どす黒い亀頭がこちらを向いた。フル勃起していた。茉莉の涎で黒光りして見える。

銃口対亀頭だった。

「なぁ、さすがの俺もハズイんだけど、おっさん、本当にどうしたんだ。茉莉をくれって言いたいのか？　相談に乗るよ。なぁ、条件言えよ。男に勃起したチンポを見せているっていうのは、趣味じゃないんだ、なぁ」

「兄弟になりたい」

澤向はにやりと笑って言った
「はぁ？」

真人が呆然とした顔になった。胸底で、わけわかんねぇ、とほざいているのが聞こえてきそうだ。

「こっち来て、挿入しろ」

命じた。

茉莉は尻を振った。拒否する振り方だった。

「嘘でしょ。私の気持ちも考えてよ」

震える声で言っている。

「最善の策だと思う。いまから、おまえは無敵の女になる」

澤向は諭した。自分の汁はもうすべて出ていた。

「あんたほどイカレタ男を俺は知らない」

真人はしぶしぶ、澤向の横にやって来た。ふたり揃って膝立ちだった。桜の代紋をみて、ポカンと口を開けている。

「まいったよ。刑事さん。半グレと警察のコラボか？」

「訳は、挿入した後に言う。とにかく茉莉の壺に挿れろ。話はおまえが擦り始めたらだ」

澤向は、交合を解いた。真人とは逆側に退いた。

「挿れろ」

銃口を真人に頭につけた。

「たまんねぇな。頼むから暴発させせんなよ」

さすがに真人の膝が笑っていた。

「あんっ。もうめちゃくちゃ」

茉莉が突かれた勢いで、頭をベッドヘッドに打ち付けた。首を曲げて喘ぎだした。澤向の時とはまた違う声音だった、若干嫉妬した。

「これで、兄弟だ」

「なんか、おっさんの汁で、ぐちゃぐちゃだな。正直、気持ち悪ぃ」

「いいから、尻を振れ。茉莉の喘ぎ声が止まったら、この頭を撃ち抜く」

「わかった、わかった。バカはやめろ。俺、まじあんたのこと怖いよ」

真人が、腰を使い始めた。AV男優ばりの鮮やかなストロークだ。嫉妬で撃ち殺したくなるのを懸命に堪えた。

その気持ちが伝わったのか、真人は真剣に抽送を開始し、みずから乳房も揉み始めた。両手を使わないという従順の意だ。

澤向はおもむろに提案した。

「オールジャパンで闘わなければならない事案がある。春日組、六華連合、六本木警察で合同捜査をしたい」

「へっ？」

腰を振りながら、真人が澤向のほうを向いた。とたんに銃口が額にへばりついた。

「茉莉の声が止まった」

トリガーに置いた指に力を込めた。

「わかった、わかった、短気を起こさねぇでくれ」

「それと今後、目上の俺には、ため口は利くな。兄さんと呼べ。穴兄弟の意味で言えば、おまえのほうが兄だが、世間の常識では目上が兄だ。いまも盃には俺が先に入れた」

「わかった。兄さん。とりあえず話を聞かせてくれ。俺もそろそろ、漏らしそうだ」

真人が、ラストスパートをかけた。茉莉の尻たぼの左右のタットゥが、どちらも負けじと色を濃くした。

「出せよ。俺の精汁の上に撒いて、亀頭で掻きまわせ」

「シェイク、シェイクってか?」

「そうだ。精子同士が絡まるんだ。これ以上の盃の交わし方はないだろう」

と、そのとき茉莉が「いやっ」とさけんで、尻を前に引いた。真人の男根から逃れようとしている。

「私のおまんこを盃とか、ミキサーに使わないでっ。ふたりとも大嫌いっ」

本気で怒っているようだ。

澤向は、前に回った。逃れようとする茉莉の肩を押させ、鼻を摘まんだ。

「いや、最低っ」

涙目になりながら口を開けた。その口の中に精汁が付着したままの男根を押し込む。

「繋がったな」

澤向と真人は向かい合わせになった。四つん這いになっている茉莉の口と膣にそれぞれ男根を挿し込んでいるので、奇妙な一体感が生まれた。

それでもまだ銃口は、真人に向けていた。

「同じ女に惚れたよしみだ、たぶん気が合うと思う」

茉莉の舌先が、亀頭の裏側の三角地帯をべろりと舐めた。同じ女に惚れた、のひと言が効いたらしい。

「この状態で、気が合う合わないと御託を並べていても、しょうがねぇや。ま、そういうことだろう。話に乗ってやる」

「赤龍団を追い込んで欲しい」

「望むところだが……街中で狩るのはまずいだろう」

「今週に関して、警察は目を瞑る。ただし六本木管区だけだ」

「ほう。めった刺しにしてもいいのか？」

「かまわん。その代わり、春日組のシマには手を出すな。シャブは取り締まれ」

「やっぱ、あんた春日組の手先か？」

「違う。春日組にも、六華連合との共存共栄を申し入れる」

「何をくれるんだよ？」

「同じシマで、シノギを変えろ」

「たとえば？」

「六本木のクラブとホストは六華でどうだ」

「キャバやヘルスからは引けと」

「そうだ。ＡＶはそっちだ」

　話し合いをしながら、お互い茉莉の口と膣壺に男根を出し入れしていた。

「ホストを完全に握れるなら、春日組がミカジメるキャバには爆弾はしかけねぇ」

「呑むなら、おれが六華連合とおまえの体制保証を取り付ける」

「呑むよ。極道とは共存共栄できればいい」

「だったら、赤龍団の退治には、春日組だけじゃなく、黒成会本部も協力させる」

「あいつらの後ろにいる金門橋連合が圧をかけてくるぞ」

「そこは警察が潰す。多少黒成会の力も借りるがな」

「あんた国連の事務総長か？」

「そんなもんだ」

「わかった。裁定に従うよ。っていうか、俺そろそろ、飛ばしたいんだけど、いいか」

「好きにしろ」

　真人が茉莉の左右の腰骨にがっしりと両手を置き、猛烈に振り立てた。パンパンと尻たぼと太腿が打ち合う音がする。

「ううぅ。ぐっ、ときた」

　滝のような汗を全身に纏った真人が、唇を嚙み締めた。

「出るときは、言えっ」

　銃口を向けた。真人が呆れたような薄ら笑いを浮かべ、息を吐いた。

「出るっ。おぉおおおお」

「俺もだっ」

　澤向も茉莉の口蓋の中に本日の二発目を飛ばした。同時に、真人に向けて、引き金を引いた。ばんっ。

「うわぁああ」

　精汁を噴き上げたまま真人がそっくり返った。そのままベッドからずり落ちた。

「いやっ」

　茉莉の唇が窄まった。

　澤向の残りの汁、全部が飛んだ。茉莉はまた小便を飛ばしていた。

「兄さん、マジ、頼むよ。ホント、なんでも言うこときくよ。兄さん、アメリカの大統領よりもイカレている」

ベッドの端に足首だけを残したまま、真人が嘆いている。

銃弾は背後の壁を撃ち抜いていた。

澤向は、ようやく銃口を下に向けた。またメールが来た。北村からだった。

「真人、いま飯倉片町の交差点に赤龍団が集まっているみたいだ。駆除してくれないか。警察は出動しない。ただし時間は十分だ」

「すぐに、ワンチーム走らせる。だけど三秒だけ待ってくれ。まだ、俺は噴き上げ中だ」

ベッドの裾にずり落ちた真人を見おろすと、確かに中心から白い噴水が飛んでいた。

5

北村は肩の後方に、柳田の刺さるような視線を感じていた。視線は窓の外を向いたままだ。すでに五分ほどその状況が続いていた。

窓に差す光の角度がほんの少し変化した。

柳田の酷薄(こくはく)な顔が映る。柳田にも、同時に北村の顔が見えたようだ。カツカツカツと革靴の音が聞こえてきた。

北村は、イヤホンを外した。スマホをタップして、待ち受けに戻す。

窓を見たまま、ジャケットのサイドポケットに手を入れた。S&WのM19のモデルガンが入っている。昨日も使った黒玉の入ったモデルガンだ。

グリップを握り、トリガーに指をかけた。

本物の銃を扱ったことのある人間ほど、モデルガンでも驚く。それだけ見た目は区別がつかないからだ。

窓ガラスに、柳田がいくつかのテーブルの間を縫って、こちらに向かってくる様子が映った。柳田はズボンのポケットに右手を突っ込んでいた。

ポケットの中の指が汗ばんだ。

北村は、二年前に、ライフル銃レミントンM40A1で、渋谷のスクランブル交差点で鉈を振り回して暴れる男を射殺して以来、本銃は持たないことにしていた。

警視庁広報部はマスコミに〈止むを得ない発射〉と発表したが、司令官からは「待て」がかかっていた。男がOLの腕を取り、盾にしていたからだ。

スコープに映る男の表情から、テンパっているのがわかった。機動隊員の包囲網が狭まるほどに男の目が血走り始めていたのだ。

マイクで叫ぶ「刃物を捨てなさい」の声はぜんぜん届いていないように見えた。短機関銃の高倍率スコープで覗いているSATだからわかる表情だった。

同時に北村の脳裏に、悪魔の声は降ってきた。

生け捕りにしても、この男は刑法三十九条の対象になる可能性がある。刑法三十九条は心身疾患のあるものは罰さないという法だ。

出てくればまたやる可能性がある。悪魔の囁きだとはわかっていた。

北村のスコープにすでに十秒以上男の顔が映し出されていた。射貫く自信はあった。裁くのは自分ではない。わかっていた。ただこの瞬間、凶暴犯の手から、OLの命を救い出せるのは自分だけのような気がした。

男の腕がピクリと上がった瞬間、北村はトリガーを引いていた。男の頭が破裂した。スイカのように汁が吹き飛んでいた。

男が、鉈でOLの首を切ろうとしたのか、はたまた放棄しようとしたのかは、わからない。

だが、OLが救われたのは確かだ。

北村はあの日から、実弾銃には触っていない。

「お客さん、そんなに窓の外の景色が面白いかね」

柳田の声がした。と、そのとき視線の先に変化が起こった。外車のショールームの前にたむろし、じっと新南海園のほうを睨み続けていた赤龍団と思える連中の姿を遮るように、忽然と一台のワンボックスカーが現れた。ニッサンセレナだった。

歩道側のスライドドアが開いたようだ。開くと同時に怒号が上がった。セレナのルーフの向こう側で、血飛沫が上がったように見えた。

「あれなんでしょうねぇ」

北村は、柳田のほうは振り返らずに、窓のガラスを叩いた。

声が聞こえてきた。

「ここは六本木だろうが。固まって立ってんじゃねぇぞ。おらっ」

振り上がる金属バットの尖端が見えた。ふたたび血飛沫が飛んだ。今度はリアバンパーの方向からだった。続いて横転した男の上半身が覗いた。先ほどこちらを睨んでいた男のひとりだ。

「ちっ。日のある時間にバット振り回すかよ」

柳田が、舌打ちをして、すぐに引き返していった。北村はそこで初めて振り返った。柳田が屛風の中に消えていた。慌ただしく王と山田が立ち上がる気配がする。

北村は、スマホを取り上げた。動画撮影モードにする。レンズを屛風のほうへと向けた。

柳田に続いて、山本が出て来た。

そのあとからナプキンで口を拭きながら出て来たのが王躍進のようだ。禿頭の銀縁眼鏡をかけた男だった。

三人は裏口へ向かった。北村は三人の様子を十秒に渡って撮影することに成功した。

三人を深追いするのはやめた。

奇妙なことだが、すでに北村の素性が割れているということだ。

六華連合が、潰しに来てくれなければ、自分が攫われたのは、間違いない。いま攫われれば、スマホの中身をすべて見られることになった。

危ないところだった。

北村は、ゆっくり席を立った。会計して外に出た。

ニッサンセレナはすでに消えていた。外車ショールームの前は、普通に人が歩いていた。歩道に付着したはずの血には、灰色のカラースプレーが噴きかけられていた。

いまどきのガキに、モップで流すという発想はないらしい。歩道と同じ色に上塗りしてしまえばいいというのは、いかにも横着な手法だ。

半グレもゆとり世代らしい。

背伸びをして、一息入れていると、「お待たせー」と本庄里奈がバイクで迎えに来た。

本庄持参のヘルメットを借り、後部席に跨った。

風を切って六本木通り方向に進む。

「今週の六本木は戦場になるみたい」

本庄の声が千切れ、千切れに聞こえてくる。

「歌舞伎町化するのは、一週間ぐらいにして欲しいものだ」

「ですよね」

空はまだ白いが、ネオンを灯し始めたビルもある。この街は昼は短く、夜が長い。

第五章　逆謀略

1

松林瑛子は睾丸を愛でながら亀頭の尖端を舐めていた。

「オーグッド」

真上で、そんな声がする。夜風が髪を撫で上げてくれる。

救出されたのだ。

海に放り投げられたのは、二日前だったようだ。尻から落ちたのを覚えている。海面におまんこがぶつかって、花が平らに押し伸ばされたと感じた瞬間、目の前は青一色になった。口を結んでいられたのは、十秒程度のものだったと思う。

海に潜って口を開ければ、海水が這入りこんでくるのは当然だが、経験のない者にはそれがどれほどの圧力で入ってくるかわからない。

それよりも息を止めているほうが苦しかった。

堪(たま)らず口を開いた。と同時に鼻から先に水が飛び込んできてもがいた。こんな苦しい死に方はいやだと、己の不運を呪ったものだ。

溺死(できし)と生き埋めは似ているのではないかと思った。

喉や器官に水が入り込み、たちまち肺が苦しくなった。目を開けていることが困難になった。耳だけは聞こえた。ゴボゴボと海水が動き回る音がした。

身体のあちこちに何かが当たるのもわかった。

流木だったのかもしれないし、魚だったのかもしれない。ただ、目は開けず、身体も自由にならなかった。

キスをされながらおっぱいを触られていると感じたのは、それからどれくらい後だったのか、皆目見当がつかない。

口に息を送り込まれ、両方の乳首をぐいぐい押されて、気持ちが悪かった。気持ち悪いという意識が頭に昇ってきたときに、突然ゲロを撒(ま)いたようだった。

「うわぁっ」

口から水を噴き上げていた。鼻腔がちーんとつまり、突然、聴覚が開いた。

「ユー、ＯＫ？」

そんな声が聞こえている間も、とにかくゴボゴボと水を吐き出していた。

女子大生の頃、ヤリコンだとは知らずに行った飲み会で、オレンジジュースに混ぜたテキーラをさんざん飲まされた夜を思い出していた。

挿入されながら、吐いたのだ。子宮を亀頭で叩かれるたびに、吐瀉した夜だ。

このときの気分は、その夜に似ていた。ただ、胃と肺の違いはあった。肺のほうが千倍苦しい。

相当、噴き上げて、微かに視界が開けてきた。

白い顔に青い目をした男の顔がアップで映る。

キスされているのでも、おっぱいを触られているのでもなかった。肺を押されて、人工呼吸をしてもらっていたのだ。

「ユーＯＫ？」

もう一度聞かれた。

「イエス」

ようやく答えることが出来た。生き返ったみたいだ。

ゴムボートの上だった。ゴムボートといっても八畳ほどあった。緑色の広いスペース。軍用ボートだ。

その上に寝かされていた。

真裸にタオルケットをかけてもらっていた。

頭をもたげるとボートの船尾に星条旗が翻（ひるがえ）っているのが見えた。米軍？

頭の中で、米国公式行進曲「星条旗よ永遠なれ」が鳴った。

「ここは？」

英語で聞いた。真梨邑明恵と共に、延べ一年間ほどハリウッドに滞在し、それからは、何度も渡米しているので、多少の英会話は出来た。

「海上だとしか言えません。我々の母艦はそこにいます」

「八〇八番？」

船首にその番号が描かれた戦艦がゆっくり航行していた。駆逐艦なのか巡洋艦なのか、瑛子には区別がつかなかった。すべて戦艦だ。

「イージス艦の〈スターローン〉です。私は第七艦隊のアーノルド。少尉です」

艦名も少尉の名前も強そうだった。

これでブルースとかジャッキーが入れば、オールドスター勢揃いのアクション映画になる。ダグラスやランカスターでもいい。

「私は、どこにいたんです」

「自分が、双眼鏡を覗いていたら、ユー、沖のほうから、どんぶらこ、どんぶらこ、と流れてきました。よく見ると、お尻が浮かんでいました。日本の童話状態」

桃尻と言いたかったらしい。

アーノルドは、現在地点を教えてくれる気はないらしい。なるほど軍人だ。

〈スターローン〉に引き上げられ、客室に寝かされた。栄養剤の点滴後、軍医から睡眠導入剤を貰い、眠った。

どのぐらい寝たのかわからない。

とにかくぐっすり眠った。目が覚めたら、そばにアーノルドがいた。

艦には女性隊員もいるらしく、真新しい下着とバスローブを着せられていた。

「いくつか尋問しなければなりません。まず名前を教えてください。本艦から横須賀(よこすか)基地に連絡し、横須賀中央署に連絡、照会させていただきます」

アーノルドは、タブレットを持っている。質問事項が載っているようだった。瑛子は咄(とっ)嗟(さ)に素性を隠すことにした。

自分の安否をただちに日本の警察が知れば、騒ぎになる。真梨邑明恵に波及すること必至である。

自分自身が、この先の展開が読めない中で、いたずらに生存情報を渡したくなかった。

「私、自分の名前、忘れました」

「困りましたね。あなた日本人ですか」

「そうです」

「でもその証拠がありません。私たち、スパイを拾った可能性もあります」

「アーノルド。信じてちょうだい。私は日本人。ギャングに攫われて、海に捨てられたのよ。いま日本の警察に知られたら、ニュースになるわ。そしたら私はまた狙われる。それに、他にも狙われる可能性がある人もいるの」

アーノルドは腕を組んだ。

「ここにいる間は、安全だと思うが」

確かにその通りだ。米軍戦艦の中にいるぐらい心強いことはない。

「横須賀に戻るのはいつですか？」

瑛子は聞いた。

「残念ながら、その質問にも答えられない」

「寄港地も？」

「教えられない」

「では、日本のどこかに着くまで、考えさせてください。まだ心の準備が出来ていません」

瑛子は時間稼ぎに出た。

「仕方がない。考える時間をあげましょう。三十六時間後にこの艦は、いったん日本国内に戻ります。それまでに素性を明かさなければ、ＳＰに引き渡します」

「わかりました」


「アーノルド。いっぱい出していいのよ」

せめてものお礼のつもりだった。

満天の星の空の下、イージス艦〈スターローン〉の後部甲板で、アーノルドの白い巨頭を舐めていた。船尾にいた。アーノルドはマストに尻を押しつけている。

「ううう。いいっ。エイリー、ユーはやはり日本人だ。中国人はブロージョブをしたがらない」

取り敢えず瑛子をもじってエイリーと名乗ることにしたのだ。

「バックから挿入してくれる？」

「いいのか？」

「こんなところで、セックス出来ることなんてないわ。たっぷりやりたい」

というか、甲板のあちこちから呻き声があがっていた。これは青姦に入るのだろうか。公海上の青姦。魅力的だ。

瑛子は、身体を入れ替えて、今度は自分がマストを握った。ネイビーパンツを下げて、尻を差し出した。ノーパンできていた。

「第七艦隊のセクシークルージングを楽しんでくれ」

ずしんと重量感のある男根が、瑛子の蜜壺に潜り込んできた。

「はうぅうう」

夜の海に曳かれる白い航跡を眺めながら、深く入った男根をみずから締めた。ぴゅっ、と蜜が飛んだような気がした。アーノルドはゆっくりと腰を使い出した。

歓喜の時が訪れていた。

瑛子は、ゆっくりこの時の流れを楽しもうと思った。この海上にいる限り安心なのだ。陸に上がると同時に、また自分はターゲットにされる。

石尾の手から、そして金門橋連合の手から逃げ延びながら、新しい庇護者を見つけなければならない。

「あぁあん。いいわ」

めくるめく抽送を受けた。総身が性感帯になったように感じた。

艦が突然大きく舵を切った。面舵（おもかじ）だった。

「あぁあぁ」

アーノルドの巨根も右に倒れた。膣口が大きく右に開かされる。

「いくぅうう」

めったにない角度への刺激に、瑛子は感極まった。

するとイージス艦〈スターローン〉は右舷から、強力なライトを何発も放った。その光芒（こうぼう）の先に、くっきりと二隻の貨物船が浮かんだ。朽ちかけた木造船と中型の貨物船だった。

「あれは」

歓喜に尻を振りたてながらも、瑛子は口を押さえた。

「瀬取りだ」

すぐには、その言葉の意味が分からなかった。

「それは、なんですか」

「海上で荷物を積み換えることだ。たとえば輸出を禁じられている国の船に、闇で荷渡しすることだ。俺たちがそれを見張っている」

「中国が北朝鮮に？」

「だが、あれはタンカーじゃないから、石油じゃない。単純なマフィアの取引だ。北の純度の高い覚醒剤を逆に受け取っているんだ」

「そうなの？」

「いいの、このままで」

　繋がったままでいいのかという意味だ。

「かまわない。緊急警報を鳴らしていない。射撃はしない。観察するだけだ」

アーノルドが、低い声で言った。確かにそうだ。でもいまは抜かれたくない。

「ライトを放っているのは、威嚇行為？」

「それもあるが、撮影しているんだ。公海上のマフィアの取引を撮影してＣＩＡやＦＢＩに売る。ペンタゴンビジネスだ」

「うぅうう」

　さらに面舵が切られた。瀬取りをしている二隻を、一周するように航行しているらしい。

　おまんこの口も右一杯に開かされる。

「あぁあああ」

裂けそうだ。

木造船の船首に立つ背の低い痩せた男たちが、接近した貨物船の後部甲板に布袋を放り込んでいる。

貨物船の後部甲板にも数人の男が出ていて、その袋を引き上げていた。こちらは体格がいい。

瑛子は、ピストンされながら虚ろな気分で、その光景を見ていた。

「！」

甲板に見覚えがあった。あの甲板から対面座位の最中に突き落とされたのだ。瑛子は咄嗟に顔を隠した。ライトがちょうど貨物船の船首も照らしていた。

船名が見える、「遼東（リャオトン）」。

乗せられたときには船名など見ることもなかったが、落とされたときに、かすかに目の縁で捉えている。そうだ「遼東」。

しかもあの忌々しい、スキンヘッドの男と金髪の男が、いま甲板で袋を受け取っているではないか。

「どうした、急に、ここが窄（すぼ）まったな」

「もっと突いてください。終わったら、私、自分のことちゃんと話しますから、いま撮影している映像、譲ってください」

「それは、軍の機密だが、まぁ見せるぐらいなら」

瑛子は媚びるように、尻を打ち返した。

2

「坂口さんと鶴巻さんで、春日組に取り次いでもらえないかね」

澤向は十四歳も歳上の極道OBたちに、あえて横柄な口のきき方をしていた。

六本木交差点近くの「鶴巻ビル」の六階。夕方五時。

質店「鶴兵」の事務室には、西日が垂れこめていた。

社長席に座る鶴巻徹の背中越しに首都高速が見える。嵌め殺しの窓なので、鶴巻自身が宙に浮いているようだ。谷町ジャンクションのすぐ手前に位置している。夕方とあって高速道路は混んでいた。

事務所には、他に六人の社員がいた。ひとりは女事務員だが、いずれも堅気のようには見えない者たちばかりだ。

先ほどから、すでに数人の客が出入りしていた。

客はブースに通される仕組みだ。そこで質草の鑑定をうけて、現金を受け取る。澤向の位置から客の顔は見えなかったが、強い香水の匂いで、出勤前のホステスたちであるということは、想像がついた。

「バカ言えよ。六本木でドンパチやるっていう話に手なんか貸せるかよ。それも華僑の金門橋連合と事を構えるなんざ、リスクがありすぎる。なぁ、坂口さん」

デリヘル「ヘブン」を経営する坂口和義も「鶴兵」に呼んでいた。

「その通りだ。だいたいいまさら、六華のケツを持てとは、どういうこった。奴らは、俺らの女商売をどんどん荒らしているんだぜ。それもシャブを使ってだ。こっちが警察の顔を立てている間に客はどんどん取られている」

澤向は、社長席の前にある応接セットに座っていた。目の前に坂口が座っている。その前で煙草をふかした。

ラッキーストライクだ。

ヤクザ相手の交渉時には、こちらも居丈高に出なければならない。

いきなりローテーブルの上に足を乗せる。

坂口が目を剝いた。無礼な、という顔である。澤向は煙草を咥えたまま、喋った。

「いまは本職と半グレで、綱を引っ張り合っている場合じゃないからこうして出張って来ているんだよ。その合間に、外国勢がどんどん割り込んできている。奴らは、捕まえようとすると本国に逃げ帰り、あたらしいパスポートで戻って来る」

この事務所に入るなり、澤向は単刀直入に華僑マフィアを潰す案を伝えていた。

実行部隊は六華連合で、そのケツ持ちを春日組に依頼したいという趣旨だ。

いわば警察主導の抗争計画である。

直接春日組の本部に出向く手もあったが、それでは組織犯罪対策課に筒抜けになってしまう。ヤクザ以上に縄張りにうるさいのが警察だ。

事態は警備課と組対課で睨み合っている場合ではないところまで進んでいる。

テレビ局が、外国マフィアに乗っ取られそうなのだ。

警備課長湯田淳一の指示で、春日組のフロントを通して、六華連合に武器を流す手はずを整えることにした。

半グレはヤクザよりも命知らずが多い。

ビジネスを構築しているのは一握りの幹部たちだけで、下にいる人間たちは単純に「楽しければいい」という発想でしかない。楽しい騒ぎが大好きなのだ。

だが武器は持っていない。せいぜい金属バッドを振り回すだけだ。

ヤクザは、シャブは表向き自分たちが扱っていないので、半グレや外国勢力が流しているのは目を瞑っているが、武器には目を光らせている。

　これだけは、譲れない。

　素手ではもはやならず者精神の半グレに勝てない。だが武力では圧倒する。これがまだかすかなアドバンテージになっていた。

　出過ぎたガキはいつか撃ち殺される。

　鶴巻が顎に手をやりながら口を開いた。

「六華(ロッカ)と赤龍(アカドラ)の抗争なんて、金属バットと鉄パイプの学芸会だろうがよ。そこにヤクザが鉄砲持って駆け付けるっていうの、大人げねぇよ。俠道(きょうどう)に反するってもんだ」

　俠道よりも商道を選んだ男のセリフとは思えない。

「まもなく赤龍(レッド)のほうには金門橋(ゴールド)が武器を流し始めるだろう。そうなると六本木の裏社会の地図が変わる」

　澤向が言うと、鶴巻と坂口の目尻が吊り上がった。

「まさか警察は、春日組を無理やり金門橋連合にぶつけて、喧嘩両成敗を狙っているんじゃないだろうな」

　坂口が睨みつけてきた。バブル期前後の警察とヤクザの激しい駆け引きを生き抜いてきた男の目だ。

「なにも俺はあんたらにドンパチしてくれとは言っていない。六華の連中に武器を流してくれと言っているだけだ。この事務所には灰皿もないのか?」

鶴巻が自分のデスクの上にあったクリスタルの灰皿を指さした。

角刈り頭の社員が、素早くやって来て、澤向の前に灰皿を移動させた。

鶴巻はとうの昔に煙草はやめている。この灰皿は、武器として置いてあるのだろう。

「なら、鶴巻さん、あんたの手持ちでいいや。二十丁ほど貸してくれや。そこの蔵にそれぐらい入っているだろう」

煙草の煙を吐き出しながら言った。

オフィスビルの中に店を構えているとはいえ、質屋だ。スペースの半分は質草を入れる倉庫になっている。

事務所と倉庫を行き来するための扉は、銀行の金庫のような黒い巨大扉になっている。質屋の演出効果充分だ。

社員たちは蔵と呼んでいる。

「おいおい、澤ちゃん、勘弁してくれよ。うちはブランド品専門の質屋だ。相手は水商売のおねぇちゃんやホストのみなさんたちばかりだ。そんな物騒なもの、入れに来る奴はいねぇよ」

顔の前で手を振っている。

「なら、いますぐ裁判所に家宅捜索の令状とろうか。一課か組対が来るまで、俺はここを一歩も引かねぇから」

澤向は、喫いかけのラッキーストライクを、鶴巻に投げつけた。

「あんだとぉ、こらっ」

鶴巻が立ち上がった。椅子の脇にあった木製ステッキを掴んでいる。見かけはステッキ。実際は仕込み杖だ。取っ手を引くと槍が出て来る。

澤向は、背広のボタンを開け、内側に手を突っ込んだ。腰のベルトに特殊警棒が刺さっている。

「おうっ、上等じゃねぇか。ズル兵っ。俺らも、金に困ったチンピラが、チャカを質に入れに来てんのは見抜いてんだ。ここに蔵ってある間は抗争もねぇと踏んで大目に見てやってんだよ。調子に乗るんじゃねぇ」

「まぁまぁ」

坂口が両手をあげて立ち上がった。ちょうど間にいた。

「やめとけっ」

双方を一喝した。澤向と鶴巻は顔を真っ赤にして睨みあった。坂口が口を開いた。

「澤ちゃん、あんたの説明も唐突過ぎる。裏に何があるのか、しっかり説明してくれなきゃ、乗れる話も乗れん」

ここまでが、セレモニーだ。毎度のことだった。

鶴巻が、部下たちに渋い声を上げた。

「込み入った話だ。店閉めて、みんな帰れ。本家には俺から言うから、おまえらは黙っていろ」

坂口が、従業員たちに「ちょっと待て」と手をあげる。

スマホを取り出し電話した。

「おい、『鶴兵』の社員がそっちに行く。待機の女を二時間、くれてやれ。あぁ、それと多恵ちゃんには、『グロリア』の夕聖だ。挿しまくってやれと」

従業員たちから喚声が上がった。多恵と呼ばれた地味な事務員も、顔を赤らめて紺色の制服スカートの股間を机の角に押し付けている。

ヤクザはひとを欺くプロで、同時にひとたらしのプロでもある。

澤向は、腹の中で笑いをこらえながら、片眉を吊りあげ、凶暴な刑事を演じ続けていた。

従業員たちが消えると、鶴巻が事務所入り口のドアに「休業」の札を掲げ、応接セットに戻って来た。一つため息をついている。

この間に坂口が小型冷蔵庫から缶ビールとサラミ、それにベビーチーズを取り出してきている。

三人とも、応接セットに座り直す。

「で、誰がいくら儲かる話なんだ?」

鶴巻が、切り出してきた。実に穏やかな表情だ。

「鶴さん、坂さん、今回は目先のキャッシュより利権ですよ」

澤向は、昨日北村が録った中華料理店での会話を思い浮かべながら、謀議を開始することにした。

不法捜査はヤクザとつるむに限る。

3

永田町のホテルにいた。国会議事堂に近い北急ゼネラルホテルだ。

本庄里奈は十五階の控え室にいた。

「こんなときに、授賞式とかレセプションパーティの仕事が入っているなんて、まったく因果よね」

　真梨邑明恵が、ドレッサーの前で身支度をしていた。

　これから日本エンターテインメント映画大賞の授賞式だった。

　すでに明恵は優秀女優賞に決まっていた。発表もされている。最優秀女優賞は、北川洋子。今年五十七歳になる大女優である。映画会社各社の談合で、そろそろ「彼女に」という声でそうなったのだそうだ。

　幸いこの一年間、メガヒットがなかった。そういうときに「授けておきたい役者」という役者がいるそうだ。

　春と秋の叙勲のようなものらしい。

　明恵は、毎年のように優秀女優賞、あるいは大物アイドル主演映画の助演に回った作品で優秀助演賞などを受けている。

　ようするに、こうした場に毎年呼ばれることが、第一線で活躍している証なのだろう。

　明恵が、黒のロングドレスを身につける様子を本庄里奈は、腕を組み扉に寄りかかりながら眺めていた。

　左脚にはかなり深いスリットが入っている。シルクのドレスだ。右にはない。

　背中が大きく開いたドレスだった。尻の割れ目ぎりぎりまでカットされている。ジッパーをあげてやる必要もなかった。ジッパーは尾骶骨（びていこつ）の下のほんの十センチしかないのだ。降ろすと、そこはもう尻の割れ目の最上部だ。

驚いたことに明恵は下着をつけていなかった。上半身は乳首に丸いニプレスを張り付けてあるだけ。下は何も穿（は）いていない。陰毛は完全に剃ってあった。

パイパンだ。

聞いてみた。

「下着はつけないのが普通ですか？」

「ロングドレスの時はね。まぁ、見えそうだけれど、見えないものなのよ。両サイドにスリットがあると、ふわりと捲（まく）れちゃうことがあるけど、片側なら平気。自分からチラ見せしない限り、股の底を見せることなんかないから。それに今夜は座らないからね。女の大切な部分というのは、真下を向いているわけだから、真正面から覗かれてもまず平気。陰毛があると気になるんだけど、剃ってしまっているから、どうってことないわ。陰毛はあるから気になるもので、なければ、どうってことない」

「スリットは左って決めているんですか？」

さりげなく会話を繋いだ。

警護対象者とは出来るだけ言葉を交わすようにと、先輩の澤向から教えられていた。会話を重ねることで、相手の性格、生い立ち、現在の環境などの情報を収集していくのだ。

「今夜はステージの上手側から登場で、委員長から盾をもらったり、司会者と向かいあったりすることが多いでしょう。左スリットの方がカメラに脚を撮ってもらいやすいわ」

ステージ上手とは、客席から見て右側という舞台用語である。見た目の左側は下手となる。

舞台では「左右」という表現は使わないそうだ。舞台の上にいる者と客席にいる者では、左右が逆転してしまうからだ。そのたびに、どちらの視点から見て右か左かということになってしまう。

そのため、客席から見て右を「上」左を「下」と固定した呼称にしているのだ。

「なるほど。自然に美脚が見えるようになるわけですね」

「そういうこと」

明恵が口紅を塗り始めた。

今日は専属のヘアメイクアーティストを外してある。

今日は朝からずっと一緒だった。徐々にだが、この女優がしたたかで、緻密な頭脳の持ち主であるということが判明してきた。

守るべき対象だが、明恵自身の行動も監視する必要があった。

「盗撮されるのは嫌ではありませんか？」

「嫌だったら、パンツルックに分厚いセーターでも着て出るわよ。そしたらたぶん、カメラはすべて米原裕子ちゃんや広川美鈴ちゃんのほうに向くわ」

明恵は、ライバルふたりの名前を挙げた。

「なるほど」

「みんな屈託のない笑顔をカメラに向けているけれど、胸のうちは屈折しまくっているのが芸能人というものだわ」

「そうですか……」

「さぁ、撮ってくれと言わんばかりのドレスを着て、ローアングルなんて失礼なっ、と怒って見せるのもお約束なのよ。私たちの仕事で、一番辛いのは無視されること。どんな清純でおとなしそうな顔をしている子でも、目立とうとしているのは間違いないの。わざと引いて見せているだけ。プッシュ型の同業者が多い場合は、すぐにプル型の態度をとる。それが本能的に出来なければ、この世界では無理よ」

プリミティブな社会だと思った。

自己顕示欲の権化たちが集う場所。それが芸能界というところらしい。

会場に降りるまで、まだたっぷり時間があった。

マネージャーの大野は主催者やステージ演出関係者との打ち合わせに忙しい。

北村は会場の隅々を点検に出ている。授賞式の行われる「飛翔の間」に入るのは映画に直接かかわった業界内関係者だけだ。テーブルには役者とスタッフが座る。

授賞式の中継はＴＣＳの独占だった。すべての授与が終わった後、他社を含む全マスコミへの撮影サービスがある。

このときの並び順をめぐっても駆け引きがあるようだ。マネージャーの大野はその最終確認も現在行っているはずだ。

授賞式が終わると隣の「泰平の間」に移動する。レセプションパーティだ。北村はパーティ会場の点検も行っている。主催者側も警備会社を雇っていた。加森警備保障。警察官僚の天下り先第一位の警備会社だ。

六本木で打ち合わせ中の澤向は、授賞式後のパーティで合流する。それまでのあいだに、女性同士の会話をして出来るだけ情報を引っ張り出しておきたい。

「松林瑛子社長はＴＣＳの石尾さんとはどれぐらい前からの関係だったんでしょう」

里奈は観測気球を飛ばした。

「私と独立してからすぐね。局内でドラマの実権を握っているのは石尾さんだとわかっていたから、一気にマトにかけたの。あの頃、私たち失うものなかったから」

「他の芸能事務所から、相当やっかみがあったでしょうね」

「それを、阻止したのも石尾副社長」

「力、あるんですね。他局のドラマプロデューサーとか幹部は、芸能界に力を発揮出来るんですか」

「そんなことはないわよ。大御所(おおごしょ)俳優の個人事務所だとか、山ほど売れっ子を抱えている事務所になんかは、逆に局のほうからご機嫌取りに行っているものよ」

「石尾さんも、そういう強い事務所には、頭を下げに行っていたんですか」

「あの人にそれはないわ」

明恵がきっぱり言った。断定的である。言って少し顔を強張らせた。しまったという表情にも見て取れる。

「もっと凄い権力と繋がっているということですよね」

昨日の北村が録った録音で、石尾が外務省、華僑マフィアと繋がっていたのは摑んでいる。

明恵は、ＴＣＳスタジオで銃弾を浴びた際に、外務省の役人と寝たと告白した。あの山本が相手だったのではないか。

「石尾さん、一度外信部に転属になった頃、外務省の山本さんと懇意にしてましたね」

北村に頼まれて調べたのは里奈だ。

三十年前。石尾彬は、いきなり外信部へ転属になった。その理由は明白ではない。『毎朝新』聞社会部の西山を通じて調べてみたが、表立った不祥事はなかった。

スキルアップのための転属だとされていた。大企業には珍しくないことだ。

ただ面白いことがわかった。石尾は外信部時代、外務省職員に多くの芸能人を引き合わせていたのだ。

記者として情報を引き出すために、ドラマ制作部時代のコネを使ったということだろう。

その中のひとりが中国二課の山本真輔だった。

山本とは特に親しくなったようだ。

ノンキャリの山本にとってはテレビ局の人間が接待に来てくれるのは嬉しかったらしい。時の大蔵省で「ノーパンしゃぶしゃぶ接待」が露見して大騒ぎになっていた時代だったが、石尾の接待は巧妙でスマートだった。

酒席の場に、日ごろテレビで見る芸能人を連れて行くのだから、相手はさぞかし舞い上がったことだろう。しかも表向き割り勘だ。

三年の間に、石尾に外信部発のスクープは一切ないが、省内人事の情報をいち早く手に入れていたことは間違いない。

これは局にとって重要な得点になる。親会社の『日東新聞』にとってもありがたい情報となったはずだ、とライバル紙の西山は言っていた。

同時に、当時、中国に進出している企業情報などを素早く入手していたようだ。

石尾は、本来の外信部記者のような取材力はなかったが、人たらしの本領を発揮して、裏情報を集めて回っていたのだ。

後に、TCSテレビで権力を握った石尾は、外信部を通じて知り合った民自党の元村弥兵衛や国民女性党の福田清美に、山本をプッシュさせている。ゆえに山本はノンキャリアとしては異例の実力者に成長したのだ。

この時代に何があった？

「山本なんて、下っ端よ」

明恵が口紅をしまいながら、そう言った。

里奈は、その言葉を聞き逃さなかった。下っ端として認識しているのはおかしすぎる。

知らぬ顔をして、すぐに澤向にメールした。

【たぶん、今夜は何も起こらないです】

「それより、瑛子社長の行方はまだわからないのですか？」

明恵が髪の毛にコームを走らせながら言った。メイクの仕上げのようだ。

「申し訳ありません。そちらは捜査一課が追っているのですが、私たちには情報が流れてこないのです。なにしろ人命がかかっていることですから、内部でも非公開捜査です」

明恵が顰（しか）めっ面をした。

事実は異なる。

兵庫県警が現在神戸で地取りを行っている。

澤向が、組対時代の縁で兵庫県警に内密に依頼した。日本最大の任俠団体を抱える兵庫県警は全国のマルボウの盟主といわれている。

黒のシーマの背後関係は、明日にでも判明するだろう。

里奈は澤向にメールした。

【今夜はたぶん、狙撃とかはないと思います】

4

「チャイナマネーの利権をごっそり横取りできる案件だ」

澤向は、たったいま本庄から受け取ったメールを見ながら、さらに確信を持った口調で、鶴巻と坂口に提案した。

ＴＣＳの石尾も外務省の山本も華僑マフィアで繋がったということだ。仮説が決定的な事実となったのは、やはり昨日の新南海園での中国工作機関の王と外務省の山本との会話だ。

おそらく三十年前に、ふたりとも華僑マフィアに出合っていたはずだ。もちろんそれとは知らずに。

「合計五人の人間を嵌めれば、ごっそりチャイナマネーがこっちへ流れて来る」

「その五人てぇのは？　さっさと教えてくれねぇか」

鶴巻が苛立った表情を見せた。

「名前と素性は言えない。これがその顔ぶれだ。このうち二人は知っているだろう」

澤向はタブレットの画像を見せた。

顔写真がトランプカードのように五枚並んでいる。

「この二枚は、元村弥兵衛と福田清美だな。政治家かよ」

坂口は政治家ふたりを指さした。

残りは石尾彬、王躍進、山本真輔の三人だった。顔が売れているわけではない。

「これは王じゃねぇか」

鶴巻が王躍進を見て、顔を顰めた。

「鶴さん、知っているのか？」

「華僑マフィアのマカオの裏ボスだ。マカオのカジノ利権はほとんどこの男が握っている」

「いまは、麻布の中国大使館の観光局にいるぞ。なんであんたが知っている？」

「三十年前だ。ポルトガルから返還される前のマカオに、俺はよく拳銃の買い付けに行っていた。正直に言えば覚醒剤(ポン)もな」

当時のマカオは各国の犯罪組織やテロリストたちにとってマネーロンダリングと密売の恰好の国であった。

差詰め現在のダークサイドウェブが、そのままリアル社会として存在していたようなものだ。

しかし華僑マフィアの幹部が堂々と駐日中国大使館にいるとは驚いた。

坂口が缶ビールを飲み干しながら言った。

「あの国は、いまだに賄賂(わいろ)大国だ。上海機関やただの悪党集団よりも、自分たちに成り代わって国際情勢を分析する目となり耳となり、しかも経済支援をしてくれる華僑マフィアを、政権が重用しないわけがない」

「売春斡旋(あっせん)業のオヤジから国際情勢を聞けるとは思っていなかった」

「女の穴は、盗聴器みたいなものだ。六本木でデリヘル業をやっていりゃぁ、世界中に情報が集まる」

けだし名言だ。

「うちも、いまじゃ外資系銀行(ガイギン)のようになってきた。客の四割が外国人ホステスや客引きだ。一時帰国の際に、質草を入れにくるがドルやユーロで金を求めてくるようになった。いったん円に換えると手数料がまたかかる。うちはダイレクトでドル、ユーロで質草を出し入れしている。古物商の他に両替商の認可も受けている」

鶴巻が言う。

「あんたらヤクザのフロント企業だって華僑マフィアと変わらない。ってことはあそこには銃の他にドルや金塊も眠っているんだろう」

澤向は、蔵の扉に向かって顎をしゃくった。

「まぁ、そう深く突っ込むな。とにかく協力するさ。あるのは、拳銃だけじゃねぇのは確かだ。サブマシンガンや手榴弾もある」

「米兵も客に多いのか」

「ざらにいる。帰国命令が出たときに、どっさり持ってくる」

「ここは戦後の闇市かよ?」

「ある意味、闇の市場なのは正しい。覚醒剤以外に、ない物はない」

「人の弱味は」

「それも売るほどある。そろそろ、して欲しいことを言えよ」

「貸し切りにしたい店のリストを持ってきた」

澤向は、胸ポケットから折り畳んだ用紙を出して、ローテーブルの上に広げた。

「全部、どうにでもなる。縁のない店もあるが、そこは金でどうにかする。任せろよ」

「坂さんには、女の調達を頼む。何人まで用意できる」

「まんこ」

「？」

「俺らは穴で数えるから個なんだ。一万個」

「それだけいりゃ充分だ」

澤向は、立ち上がった。永田町のホテルに向かわなければならない時間だった。

「一時間後に、六華連合が、品物を引き出しに来る」

「わかった。中東でも戦える分ぐらい渡してやる。ただしこっちも質草を貸すんだ。一週間で返してもらわなければ困る」

「俺が保証する」

「警察ほど信用できない組織はないがね」

「俺も、そう思う」

澤向は、缶ビールの中身を半分ほど残して出た。


日本エンターテインメント映画大賞のレセプションパーティの会場はごった返していた。

北急ゼネラルホテル地下二階の「泰平の間」。

澤向は、千人近い招待客の間を縫って、真梨邑明恵のいる位置に到達した。

途中、ＴＣＳの副社長石尾彬と国会議員の元村弥兵衛が談笑しているところを横切った。どちらも民間警護人をつけていた。加森警備保障だ。

明恵は会場中央、シャンデリアのほぼ真下で、映画記者たちに囲まれていた。

自伝について聞かれているらしい。真横にマネジャーの大野奈々未が立って説明している。この場を取り繕うために、明恵と相談して急ぎ仕立てた内容のようである。

「みなさんが、思っているようなスキャンダラスな内容ではありませんよ。努力すれば誰でも成功するという、真梨邑の持論です。それは当社の松林の持論でもありますが」

大野のスポークスマンぶりは見事だ。

「ところで、今夜は松林社長は？　お見かけしていませんが」

記者のひとりが大野に聞いた。あっけらかんとした言い方だった。大野の顔がほんの一瞬能面のように凍りついた。この辺はやはり役者とは違う。準備していた言葉は立て板に水のごとく喋れるが、アドリブには弱い。

別の女性記者が、続けざまに口を開いた。

「そうですよね。日本エンタメ映画大賞の授賞式に、松林社長がいないって珍しくないですか」

記者たちが、それぞれ鶴のように首を回して、パーティ会場のあちこちを見渡し始めた。

最悪のパターンだ。

「みなさん、秘密を守ってくれますか？」

明恵が突如、小さな声で言った。思わせぶりに、顔をかしげ、目を細めている。

「えっ、なんですか？」

女性記者が明恵に一歩、近づいた。するとたちまち他の記者たちも明恵を囲むように輪を縮めた。

澤向たちは慌ててその円陣の中に、身体をねじ込ませた。

「瑛子社長は、いまハリウッドに飛んでいるんですよ」

一堂がどよめいた。

「しっ」

明恵が唇に手を当てる。

「だから、秘密に、と言っているでしょう」

さらに声を潜めるあたりは、さすがとしか言いようがない。

中年の男性記者が、自分も声を落として確認するように尋ねた。

「ひょっとして『白い謀略』の日本版製作の権利交渉とか」

「ですから、秘密に」

明恵は、一度顔を顰めてから、続けた。

「映画専門誌の方たちには、瑛子社長が帰国次第、お話をすると思います。ですから、スポーツ紙、夕刊紙、ワイドショーに漏れないようにお願いします」

「わかりました。真梨邑さん担当の我々は協定を守りますから、ご心配なく」

代表して一番年配の記者が、全員を見渡して言った。一同が頷く。円陣を組んでファイト！　と言っているようなものだ。癒着(ゆちゃく)の極(きわ)みといえる。

しかし真梨邑明恵はうまい。

さらりと瑛子のいない理由をこしらえ、さらにじわじわと伝播(でんぱ)していく手段をとっている。表向き協定は守っても、所詮はマスコミだ。話は裏から裏へと流れていく。

松林瑛子が近頃不在であることの理由付けがなされるわけだ。

それだけ言うと、明恵は、さらりとマスコミの囲みを抜け出した。

マネージャーと澤向たちが続いた。

正面からも取り巻きを連れた女が現れた。

国民女性党の福田清美だ。澤向と同世代の政治家。

真っ白なスカートスーツを着ている。それに首には赤のスカーフだ。こんなスーツが似合うのは政治家と演歌歌手ぐらいだ。

接近してくる福田を見て、澤向はつくづく思った。

政治家と芸能人は似ている。

周囲に注目されればされるほど、輝きを増すのだ。

福田にはＳＰがついていた。通常、一般の国会議員にＳＰはつかない。野党では党首クラスだけだ。だが、警視庁警備部の判断で、一時的に派遣する場合もある。

政治的影響力が強いと判断された議員だ。閣僚や元総理のように常備配置ではないが、公的な場に出る場合だけ、ＳＰがつくということもある。

福田は、当然ながら女性の権利擁護、女性活躍に対する過激な発言が多い。

これに反発する団体などから、福田は常に脅迫を受けていた。同時に福田の政策に共感する者も多く、注目を浴びる存在であった。

野党第三党の国会対策委員長ながら、SPは二名つく所以である。

SPが澤向たちに、目で挨拶をしてきた。民間警護人だと思い込んでいるようだ。澤向も穏やかな視線で返した。SPとBGの縄張り争いに関わり合いたくない。自分たちBG三係は非公然部隊である。

「明恵ちゃん、今夜も美しいわねぇ」

粘りつくような視線だった。

「福田先生こそ」

ふたりがハグをする。福田清美の手つきがいやらしい。明恵のぱっくり開いた生背中をたっぷり撫で回すと、その手が尻に回された。明恵の盛り上がったヒップの存在感を確認するように、揉み回していた。

明恵もそれに応えるように、福田清美の尻を撫で回している。

澤向は互いの手のひらの動きを追っていた。

福田の右手が、すっと明恵のスリットの中に潜り込む。明恵の顔に歓喜の色が宿った。

それは一瞬のことだった。

福田の手が引っ込んだ。

「今度は、いつ飲めるん？　うちは閉会中やから、どうにでもなるわよ」

福田が、議事堂のほうを指さして言っている。テレビでもよく聞く大阪弁だった。

「福田先生、今度、あの中を案内してくれませんか？」

「ええよ。その気になったらいつでもわが党から立候補して」

「そんな大それたこと考えていませんよ」

「残念ねぇ」

ふたりは周囲に聞こえるような大きな声で話している。どちらも昵懇であることをアピールしているように見える。

福田についているスタッフが盛んにデジカメで撮影していた。

ふたりは、それだけ言うと、すれ違うように離れた。福田は次の撮影相手を見つけたようだ。

「北川先生。どうも受賞おめでとうございます」

その視線の先には、今夜の主役北川洋子がいた。三十人もの取り巻きに囲まれている。

大女優は、仕方なさそうに、福田清美に手を振っていた。

パーティ会場の人の流れは面白い。

大物ほど山のように動かない。そこに詣でるように関係者がすり寄っていくのだ。

ゆっくり動くのが、準大物だ。明恵はその部類に入る。

そんな神輿のような存在の有名人が千人の客の中に十五人ほどいる。それぞれに警護人がついていた。

警護人はすぐにわかる。

神輿と一定の距離を保って動いているからだ。マネージャーや付き人とは明らかに色が違い、華やかな人々に混じってそこだけ昏いのだ。

明恵は、握手や写真撮影を求める人々を笑顔で躱しながら、徐々に出口へと進んでいた。すでにパーティ開始から三十分が過ぎていた。

当初から滞在時間は四十五分と決めていた。

主役の大女優以外は、退け時というのも芸能人の駆け引きのひとつらしい。早く退場しすぎても非礼に当たる。長すぎては、小物に映る。

まだ会場には多くの俳優、女優が残っていたが、気が付かぬうちに消えている準大物もいた。

明恵が引き連れる一団とTCS副社長石尾彬の一団がクロスした。

そのときだった。

どこからか、灰色の背広を着た男が紛れ込んで来た。

澤向はその男の接近を阻止するために、床を蹴った。

本庄は反対方向から明恵の前に出ようとしている。北村は明恵の背後につこうと一歩踏み込んだ。

澤向が灰色の背広の男の手首を捕まえようとした瞬間、踵を蹴られた。石尾の警護人だった。

「すまないっ」

石尾の警護人が咄嗟に詫びた。

が、澤向は、前のめりに人垣の中に倒れ込んでいた。

明恵が小さな、悲鳴を上げていた。

灰色の背広を着た男が、明恵の太腿を切りつけていた。本庄が明恵を抱きかかえた。北村が灰色の背広の男を追おうとしたが、石尾の取り巻きに阻まれた。

倒れた澤向には、石尾の取り巻きたちの足の動きがはっきり見えた。それは北村の爪先の方向を見事に予測した動きだった。

そして、明恵自身が、本庄の動きを止めていた。灰色の背広を着た男は、ジャックナイフをポケットにしまい、扉の向こうに飛び出して行った。

「騒がないでくださいっ」

太腿から流れる血を自分のハンカチで押さえながら、明恵がそう言っていた。

「北川さんや、関係者に恥をかかせることになります。どうぞ内密に」

周囲にそう言っている。

すぐに、石尾彬が駆けよって来た。

「うちが用意している医者が待機している。救護室に」

「副社長、お願いします」

明恵はそう言うと、澤向のほうを見た。澤向は片膝を突いて立ち上がろうとしていたところだった。

「申し訳ありませんが、警護担当者の変更をお願いします。大野さん、あなただけついてきて」

「うちのスタッフをつけようか」

「それも結構です。私は自力で歩けます」

すぐそばに福田清美が来ていた。

「私が一緒に行こうか？　ＳＰも一緒だから」

ＳＰのひとりがインカムで何か言っている。おそらく警視庁の一課に連絡したに違いない。

「先生すみません。ちょっとだけ一緒にいてください」

福田と大野、それにＳＰ二名に囲まれた真梨邑明恵が会場を後にした。


澤向たち三人は会場に残された。

「ていよく首を切られたな」

「真梨邑明恵が馬脚を現しただけですよ」

本庄が、腕組みをしながら言っている。

北村は会場を練り歩く和服美人の接待係から、ビールのグラスを受け取り飲んでいた。

課長に連絡しようとスマホを取りだすと、まさにその課長から電話がかかってきた。

「もう、我々の失態の件、届いていますか？」

「もちろんだ」

「すみません。欺かれました」

「大丈夫だ。飛車は捨てておけ。こっちは王将をとった」

湯田の声は機嫌がいい。

「はい？」

「佐世保（させぼ）署に行ってくれ。松林瑛子が保護されている」

「まじですか」

「長崎県警が完全オフレコにしている。公安に攫われる前に、横取りしてきてくれ」

「わかりました」

澤向たちはホテルを出た。永田町の夜空は、どんより曇っていた。

第六章　六本木トラップ

1

七月二十四日。午後十時。

石尾彬は銀座から専用車に乗って六本木に向かっていた。メルセデス・ベンツのマイバッハだった。色は黒。

「本当にその店の子は枕もやるんだろうな」

後部席に深々と身体を沈めたまま聞いた。仕立て上がったばかりの背広の上着ポケットにＥＤ治療薬を忍ばせてあった。無駄にはしたくない。

「私の情報に今まで間違いがありましたか？」

隣に座る外務省中国二課の主任分析官山本真輔が鼻梁（びりょう）の脇を擦りながら答えてくる。フロントガラスに東京タワーが迫っていた。

「王躍進がせっかちに地上げを求めてくるのは、そっちの読み違えだったんじゃないのか」

石尾は低い声で言い、窓外の暗闇を見た。東京タワーを過ぎて坂を下ればロシア大使館である。

行く手に見える六本木の煌々とした灯りに比べ、この辺りは真っ暗闇だ。

「いやいや、それは読み違えではありません」

山本が咳払いしてつづけた。

「現政権が倒れるのは時間の問題になってきたのですから止むを得ません。カジノ法案は、どうにか通りましたが、民自党が政権を持っている間に、候補地を絞り込ませないと」

銀座の店では話せなかったことを、山本は吐き出すように言った。

「うちのベイエリアスタジオがそれほど魅力かね」

「当然です。横浜港に面しているというのが最大の魅力です。クルーザーがそのまま接岸できるんですから、なにも人目につく道路側から入る必要もない。晴海からクルーザーを仕立てて出かければ、信号もありませんからね。富裕層が出かけるカジノとしては最適です」

「台場も有力地として残っているだろう」

首都圏におけるカジノ候補地はこの二か所に狭められている。

「東京自体は、遅れをとっていますよ。反対した知事の時代がありましたから」

「まぁ、東京に攫われたんじゃ、王さんもたまったもんじゃないだろう。横浜に注ぎ込んだ運動資金がパーになる」

「石尾さん、王さんはマジ急いでいますよ。どんどん相場が上がっている。当初、計画していた資金の二倍になりそうだと」

「私だって、こんな事態になるなんて思ってもみなかった。売却の相談をした六年前は、まだ共進党政権で、デフレのドン底にあったんだ。あの頃はわが社も、スタジオ移転を議論していた。ドラマなんて、山の中で作ったっていいんだからね。同じ広さで、三割程度安い価格の土地に移転させたほうが、内部留保が増える」

「そこに王さんがのってくれたんじゃないですか」

「まぁな。だが民自党が政権に返り咲いたとたんに状況は一変した。まさかオリンピックまで呼んでくるとは思わんし、カジノ法案だってさ、こんなに早く通っちゃうなんて想定外だよ。資産価値の高い土地の売却を株主に説得するのは難しい」

今夜は七月二十四日だ。

東京オリンピックの開会式まで、ちょうど残り二年となった。東京の街は、なにもかも急いでいるように見えるが、危なっかしい橋を渡っているような気分でもある。

「株主工作の資金も王さんは出すと。それと中国との合作映画のほうも急ぐと」

「わかった、わかった。偉大なる中国の復活を活劇として見せればいいんだろう。そっちは大至急やる」

「そうすれば、王さんの北京への顔も立ちます。金だけではなく、さまざまな便宜がTCSには保証されると思います」

「というか、俺を社長にして、北京に都合のいい情報操作をさせようというんだろう。ただし報道部というのはそうはいかんぞ。社長といえども、政治的な示唆は出来ない」

「そんなことは、王さんも華僑の連中もわかっていますよ。彼等は物事を五十年単位、百年単位で計画します。石尾さんが最初の楔になってくれればいいわけです。その後、次の世代に引き継いでいけば、いずれチャイナの色に染まっていきます」

「時間をかけて浸透した染みほど落ちにくい。怖い話だ」

石尾はすでに引き返せないところまで来ていることを承知しておきながら、いまさらながら、華僑マフィアの恐ろしさを感じた。

三十年前、とにかくドラマ制作部に戻りたくて、彼らから情報と資金を横流ししてもらったのが失敗だった。出世はしたが、マスコミ人としては、とんでもない過ちを犯してしまっている。

「我々が死んだ先のことなんてどうだっていいじゃないですか」

山本が笑った。それが華僑マフィアの狙いなのだ。

自分の行為が悪事であっても、一世代だけでは、たいした働きをしていないように思う。罪悪感も少ない。

だがその悪事が、連綿と次世代に引き継がれれば、国を滅ぼすことになるかもしれない。雨垂れ石を穿つだ。

これは、ひとつのテロだ。

「確かに、自分が死んだ後のことなんて、どうだっていい」

石尾は、頭から良心の呵責を振り払うように言った。

「そうですよ。それより、今夜は六本木のキャバ嬢を食いましょう」

山本が銀座の馴染みのクラブのママから、六本木の売れっ子キャバ嬢が枕をやっているという話を聞き込んできた。

銀座でも老舗の店である。筋の良い情報だ。

「口の堅い子で通っているそうです」

桃子(ももこ)というママが、耳打ちしてくれた。

石尾は女優やタレントを食うのは飽きていた。本当は素人を一番抱きたいのだが、それは三十年前で懲(こ)りていた。

エキストラに来ていた女子大生を食ってトラブルになったのだ。エキストラの手配をする事務所の社長が、打ち上げにいまで言うヤリコンを設定した。

バブルの頃だ。芝浦のディスコを貸し切って、どんちゃん騒ぎだ。お立ち台の上で、後ろから立ちバックでやるのが、当時のトレンドだった。

ところが、それが外部に漏れた。石尾がやった女が、明け方外に出るなり、急性アルコール中毒で倒れたのだ。しかもまずいことに未成年者だった。当時、十八歳だ。

店内で倒れてくれれば、エキストラ事務所がどうにでも処置してくれたのだが、よりにもよって、海岸通りに出たところで吐いて倒れやがった。

トラック運転手が発見し、救急車で運ばれてしまった。

回復した女子大生は口を割らなかったが、局内で内部監査が行われ、疑わしきは転属ということになった。石尾は縁もゆかりもない外信部へと異動させられたのだ。

以後、石尾は素人には一切手だしししていない。

ズブズブの関係になっている芸能プロから廻してもらう女と決めていた。

飯倉片町の交差点を越えた。いきなり渋滞となった。

「賑やかだな」

見慣れた景色だが、今夜は格別輝いているように思えた。

東京オリンピックの開会式まで、ちょうど二年となったという高揚感が街全体に漲って（みなぎって）いるようでもあるし、はたまた自分がこれから女を抱くという期待感に胸が躍っているということでもあるようだ。

「あそこです。『ホットパンツ』という店です」

ロアビルのわずか先。ふるびた飲食店ビルにその店の看板があった。十階建てくらいに見える。

黒服が寄って来る。文字通り黒の上下を纏って（まとって）いた。水商売の人間が好んで着るイタリアのブランドだ。

黒服はマイバッハのナンバーを確認しているようだ。銀座の店から連絡がいっているのだろう。

すぐに後部ドアの前にやってきて、ホテルのベルボーイのように恭しく（うやうやしく）、ドアノブに手をかけた。

「当店のような大衆的な店に、お越しいただきありがとうございます」

若者ながらきちんとした応対だった。山本が先に降りた。石尾も続いた。外は蒸し暑かった。

すぐ先に見える六本木交差点を渋谷方面に向かって、無数のオートバイが渡っていくのが見えた。

暴走族とは違って見えた。

全員、ハーレーダビッドソンに跨っている。若い頃に見た映画『イージー・ライダー』を思い出す。先頭は小柄だ。フルフェイスのヘルメットを被っているので、不確かではあるが、女性のようだ。

パレードのようなその光景を横目で見ながら、ビルに入った。「坂口ビル」という飲食店ビルだった。

「ホットパンツ」は五階にあった。キャバクラと聞いて来たが店内は高級クラブと変わらない。料金システムが異なるだけのようだ。

「いらっしゃいませ。銀座の桃子ママからご連絡いただいております。私、共同経営者の鶴巻でございます。こちらへどうぞ」

白髪にロイド眼鏡をかけた男が案内してくれた。老舗のバーでシェイカーでも振っていそうな男だった。

雇われ社長であろう。水商売ではオーナーはほとんど顔を見せない。

奥まった席に案内された。

真上に小型のシャンデリア。すぐ脇にグランドピアノが置いてあり、このコーナーだけが他の席からの死角になっている。

個室ではないが、人目を気にしないで済みそうだ。ホワイトレザーのソファだ。ローテーブルは人工大理石。

応接セットのように三人掛けソファが向かい合っている。

すでにウイスキーのボトルが置いてあった。石尾が銀座で飲んでいるのと同じものだった。国産のシングルモルト。十二年ものだ。

「クラブとほとんど変わらないじゃないか。なかなかいい気分だ」

石尾は機嫌よく、腰を降ろした。

「そうですね。プライベートでは銀座で高い金を使うよりも、こういう店のほうがリーズナブルでいいですよね。見栄を張らずに済む」

山本も腰を降ろす。向かい合わせだ。

「いらっしゃいませ。茉莉です」

社長に案内されてスタイルのいい女がやって来た。ピンクのチャイナドレスを着ていた。茉莉は石尾の横に座った。ピッタリ身体を寄せて来る。サテン地のドレス越しに体温が伝わってきた。

「どうもぉ。小川弘子（おがわひろこ）でーす」

もうひとり来た。

実に普通な感じのキャバ嬢だった。彼女は山本の横に付いた。少し太めだが愛嬌がある顔だ。

モデルタイプの茉莉と対照的なぽっちゃりした感じで、実にバランスの良い取りあわせだ。

弘子は龍の刺繡（ししゅう）がしてあるコンチネンタルブルーのチャイナドレスを着ている。

「フルネームで挨拶っていうのも珍しいな」

山本が聞いた。石尾も頷いた。

「苗字も名前もシンプルですから、フルで挨拶するんです。好きな源氏名（げんじな）はみんな取られてしまったから、本名で出ているんです」

「新鮮でいい。役所で、部下と飲んでいる気分だ」

「しっ」

茉莉が身体を折り曲げて、山本を制した。

「役所とか言わないほうがいいですよ。この席のお客様はすべて匿名。ねぇ、中尾さん。千葉でヘルスを経営しているんでしょう」

言いながら、茉莉が内股を撫でてきた。ズボンの中の亀頭の位置をさりげなく探し当てている。

中尾というヘルス経営者か。

石尾はさすがに苦笑いをした。

「色々教えてくださいよ、テクニック。しゃぶりかたとか、コツがあるんでしょう」

なるほど、そういうことかと思った。

それなら気兼ねなくエロモードになれる。

店もホステスも心得ているということだ。いい店だ。正直にそう思った。

「山神さんは、旅行会社の添乗員なんでしょう。中国によく行くとか」

小川弘子があっけらかんと山本を山神と呼んだ。

「あぁ、その通りだ。中国のことはよく知っている」

「中国人が世界で一番、スケベだって言いますよね」

こちらもいきなり、エロい会話に持ち込んでくる。ウイスキーグラスを二つ並べて、アイスペイルから氷を摘まみ上げている。このとき上半身を折り曲げるので、胸元の隙間から、バストが覗いて見えた。ブラジャーはつけていない。

「まぁ、そうかもしれない」

「中国人は、どんなふうに、おっぱいとか舐めるんでしょうね。凄くしつこく舐めそう」

カランと氷を落としながら言う。

「舌でしつこく舐められたいのか？」

山本が掠れた声で聞いている。発情しているのがありありとわかる。

弘子は、氷の上にウイスキーを注ぎ、マドラーでステアし始めながら答えている。

「女は、表面上、しつこいのは嫌いとか、優しくしてね、なんていいますが、そりゃ、どうせ舐めてもらうんだったら、こってりやってもらったほうがいいですよ。喋っていたら、ほら乳首硬くなっちゃった」

弘子が背筋を伸ばして、山本のほうを向いてバストを誇張している。チャイナドレスの生地を押しあげて、二粒の乳豆が浮かんでいた。

「よく、でんろく豆とかって言われるんですよ。上から触ってもいいですよ」

「ほんとかよ。ここでお触りありなんだ」

山本が興奮した口調で言っている。

「あっちの席にわからないようにだったら、平気です」

弘子がさらに胸を張った。ポチっとさらに浮き出る。

石尾には生バストよりもいやらしく見えた。山本が人差し指で、触った。チャイナドレスの上から突起を転がすように撫でている。

「本当に硬いね」

弘子が目を細め、座ったまま腰をカクカクと動かした。乳首がやたら感じるようだ。

「あんっ。弄られると、もっと腫れてきちゃう。両方一緒にタッチしてください」

この一角だけに、一瞬にして濃密な空気が流れた。

「あん、声が漏れちゃう。唇、塞いで触ってください」

弘子がマドラーを握ったまま、顔を山本に急接近させた。山本としてももうたまらないだろう。目の前に石尾がいると知っていても、躊躇う心の余裕は失っているようだった。すぐに舌が絡み合い、唾液を啜り合う卑猥な音が聞こえてきた。

眺めていた石尾の亀頭が、ぐっと硬くなった。こうまで見せつけられては、当然であった。予期せぬ展開の早さだった。

「！」

茉莉の指先が、亀頭の位置をさぐり当てていた。ズボンの上から、回転するように撫でてくる。

「おぉ、ここで、そんなことしてくれるのか」

茉莉の耳に囁（ささや）いた。

「不快に感じる方にはいたしません。やめますか？」

「滅相（めっそう）もない」

石尾の理性も飛んでいた。茉莉の太腿を撫でた。

「日ごろのストレスを吐き出してください。知らん顔して、指を入れてもいいですよ。あっちのフロアからは見えないですから。そういうプレイ、嫌いですか」

石尾の胸にしなだれかかって来た茉莉が、上目遣いに聞いてきた。ぞくりとするほど色っぽい眼だ。

その瞳の中にシャンデリアが映っている。

石尾は勃起した。

「硬いの、出してもいい？」

すでに茉莉の指が、ファスナーにかかっていた。この十年、クスリに頼らず、ここまで硬くなるのは初めてだった。

目の前の山本と弘子の視線を確認した。ふたりとも我がことに没頭していた。舌を絡め、互いの身体をまさぐり合っている。

山本の手は、すでに弘子のスリットの内側に入り込み、太腿の向う側をまさぐっている。弘子の手もまた、山本のベルトを外しにかかっていた。

もはや、ままよ、と流れに任せるしかなかった。一度発情したら後は射精するまで、止めることが出来ない。

覚醒剤は使用したことがないが、たぶん、性欲の発現と覚醒剤の効果は似ているような気がする。

ふと、思い出した。

三十年前に、失敗したときもこんな具合だったような気がする。あの女はやばいんじゃないかと思っていたのだ。飲み過ぎていたし、あれでやったら、事件になるような悪い予感はしていた。

だが、それで止まらないのが走り出した性欲というものだ。

石尾は、過去の苦い体験をかなぐり捨てるように、茉莉の目を見ながら言った。

「あぁ、出して、シャブってくれ」

スッとファスナーが下がった。

2

本庄里奈はハーレーを一時停止させて、オフィスビルを見上げた。六本木ヒルズの先を左折した旧テレビ朝日通り。麻布税務署の並びの五階建てのビルだ。もう少し進むと中国大使館が見えてくる。

「あそこね？」

「あのビル全体が赤龍団の隠れ家だ。一階はガレージ」

六華連合の総長結城真人が指を差した。

古ぼけた茶色のビルだ。一階には「バイク修理　レッド」の看板がかかっている。改造車と、鉄パイプ類が置いてあるはずだ。

と、いきなりその五階の窓が開き、ぬっと手が出てきた。

呆気に取られて見ているうちに、その手の先がオレンジ色に輝いた。銃口炎（マズルフラッシュ）だ。

「うぇ」

里奈の背後でひとりが跳ね退いていた。ヘルメットを掠めていた。

「ちっ」

真人が素早くジャンパーからコルトを引き抜いた。サイレンサー付きだ。すぐに応戦した。

発砲音こそしなかったが、窓ガラスが派手に割れた。男の手が引っ込んだ。

「突っ込んでいいか。みんな久しぶりに、踊りまくりたがっている」

「手榴弾(パイナップル)は使わないで。ビルが破壊されるのは困るの」

里奈は命令口調で言った。

「なんかな、警察の指導のもとで、カチコミかけるのって、違和感あるな」

真人がヘルメットのシールドをあげて言う。

「私のほうこそ、違和感だらけよ。半グレに拳銃持たせて襲撃して来いって、警察が言うのおかしいでしょっ」

里奈も声を荒らげた。

「まぁま、すべてはあのおっさんが立てた計画だ。盃交わした限り、俺は従うさ」

「まったくなんて捜査なの」

「いいじゃねぇか。とりあえずオールジャパンだ」

真人がハーレーから降りた。日ごろはカワサキに乗っているそうだ。バイクに関しては、正反対の好みだ。

「とにかく叩き出してくる。うしろのレディース五人は、姐(ねえ)さんの護衛に置いていく」

「護衛は要らないわよ」

「だったら、暇つぶしに白バイ隊の運転技術を教えてやってくれ。こいつらも、それなりに腕はある。純子っ、ここからは、姐さんに従え」

「はいっ」

　メットを手に持ったままの女が一人、徒歩で進み出てきた。マロンブラウンの長髪。整った顔立ちをしている。二十歳そこそこ。美形だ。ちょっとした嫉妬を覚える。

　里奈は、純子に段取りを説明した。

「赤龍団がバイクで出てきたら、ここでの乱闘はだめ、六本木のメインストリートに追い込むの」

「わかりました、戦場(リング)が指定されているファイトって感じですね」

　純子が肩を竦めた。不満そうだ。

「だから、これ警察主導のファイトだから。普通の乱闘されても困る」

　語気を強めていった。

「すみません、慣れていないので、ご指導よろしくお願いします」

「わかってくれればいいのよ。追い込みルートは、そこの専称寺(せんしょうじ)を曲がって、都立六本木高校方面にね。内田坂を降りて、交差点を渡った先の鳥居坂を登る」

「なんかややこしいルートだな。六本木通りを使ったほうが早ぇだろ」

　真人が吠えるようにいう。

「だめだめ。一般車巻き込めないから。全部裏ルートで。鳥居坂までは、ブロックしながら走行。外苑東通りに入ったら、タコ殴りにしていいから。ただし六本木交差点と、飯倉片町までの間だけ。そこから出してもだめよ」

「了解です」

「じゃぁ、俺たちは先に、蜂の巣潰しに行って来るさ。撃てるだけ撃って、炙り出してやる。終わったら、俺たちも続くから」

「頼むわね。真人君は、このあと、もうひとつ仕事あるんだから、あんまり無茶しないで」

　コルトガバメントを握って、部下を引き連れてビルに向かっていく結城真人の背中に向かって叫んだ。

「そっちは、気乗りがしねぇなぁ。ババアなんだろう」

　真人の肩が心なしか、落ちた。里奈はどやした。

「仕事だからっ」

「ウィース」

　真人が、ビルに向かって駆け込んでいった。

「うぉおおおお」

　後から六華連合の特攻隊が続いていく。

「十分後って感じかしら」

　里奈は純子に聞いた。

「まさか、六華（うち）が堂々とカチコミをかけるとは思っていないから、五分で、奴ら逃げ出してくると思います」

　純子が答えた。

　里奈は時計を見た。午後十時十五分。澤向から、午前零時までに撤収したいと言われている。とっとと片付けよう。

　一分後。中国大使館のゲートが開いた。

　お出ましだ。

　黒のセダン紅旗（ホンチー）が二台縦列で出て来た。紅旗は、中国のトップメーカー第一汽車の最高級車だ。トヨタクラウンマジェスタをベースにしている。

　先頭の一台だけが、専称寺の角を曲がった。里奈の発想と同じらしい。裏道で六本木に向かうのだろう。たぶん、外務省の山本が連絡したのだ。

澤向が立てた企画が、予定通りに進行している。

残りの一台が、こちらに向かってきた。

「あの中国車の注意をこっちに向けて。後ろから、たぶんおっさんが降りて来るから」

「はい」

純子が黒革のジャンパーを脱ぎだした。中はピンクのタンクトップだ。ボトムスのベルトも緩めている。

「あんた、なにしてるの?」

「女が、自分に注意を向けさせるには、これしかないでしょう。姐さんも片パイぐらい出しなよ。男は乳首で、立ち止まるって。これピンクトラップ作戦なんでしょ」

どうも半グレのやり方は慣れない。

「作戦名はそうだけど……私はいいのよ」

里奈はここで脱ぐわけにはいかなかった。

言ってベルトに刺してあったCZ75を引き抜いた。旧チェコスロバキア製の名拳銃だ。

警察の痕跡(こんせき)を残さないために、武器はすべて質屋の「鶴兵」の蔵にあった銃が配給されたのだ。北村は、世界の銃が試せるとはしゃいでいたが、里奈としては、慣れたサクラを使いたかった。

純子は近づいてくるセダンに向かって、背中を向けた。やおらボトムスを下げて、尻を丸出しにした。ノーパンだ。膝に両手をあてて、尻を紅旗に向けた。ヘッドライトに真っ白なヒップが浮かぶ。かなりアバンギャルドなフランス映画のようだ。

「あんた、やること最低ね」

「これで、あの車が止まらなかったら、私、女やめる」

ぴしゃぴしゃと尻たぼを叩いて見せている。純子の右の尻山には赤いアマリリスのタットゥがあった。なんとも粋だ。

車が十メートルほど先で急ブレーキを踏んだ。純子の生尻を見て、つんのめった感じだ。

前者の後部座席から男が飛び出してきた。

柳田!

拳銃を持っている。ノリンコT54だ。中国製だ。華僑マフィアだけあって愛国精神がある。

「あんた、アソコの穴が撃ち抜かれちゃうわよ」

ノリンコの銃口は純子の尻を狙っていた。柳田はバカにされたと思ったのだ。

トリガーを絞ったのがわかった。

里奈は、純子を突きとばした。白い尻が横転した。

旧テレビ朝日通りに銃声が鳴り響く。

「ちっ」

せっかくここでは、可能な限り銃声は控えていたのに、台無しだ。

里奈もＣＺ75を発砲した。こちらは消音器を付けている。

柳田の手元を狙ったが、セダンの左ヘッドライトに当たった。やはりまだこの銃は、使いこなせていない。

柳田が、もう一発、撃ってきた。

「うっ」

里奈は呻いた。腹に衝撃があった。ハーレーごと横倒しになった。

レディースたちが、小さな悲鳴を上げた。

ノリンコＴ54など、所詮旧ソ連製のトカレフのコピー銃だと侮ったが、なかなか威力があった。

防弾チョッキのかなり奥まで食い込んでいた。

柳田とさらにその背後から数人の男が、駆け寄って来た。全員ノリンコを握っていた。

「てめぇら、調子に乗りやがって、赤龍団とやり合うっていうのは、俺らと揉めるってことだから。大人を舐めん……うわっ」

柳田は「舐めんじゃねぇぞ」と言うつもりだったのだと思う。

だが、舐めん、まで言って、もんどりうった。後方に飛んでいく。左手で右肩を押さえていた。ノリンコが道路に飛んでいく。

続いて、背後の男たち三人も同じように、拳銃を宙に投げ飛ばしながら後転していった。いずれも拳銃を持ったほうの肩を押さえている。

里奈は、地面に転がったまま、首を回して、背後のビルを見た。

交差点のビルの広告塔の背後にヘルメットを被った北村の姿があった。ライフルを抱えている。AK−47だ。テロリストに人気のライフルを試してみたかったのだそうだ。

確かにめったにないチャンスだ。

「肩の骨を砕いたはずだ」

ヘルメットの中で、北村の声がした。

「了解。私、ちゃんと囮(おとり)になれたかしら」

「倒れる演技は、見事だった。横で尻を出してくれた女は、最優秀助演賞だ。彼女のおかげで、柳田の意識が空に向かなかった」

半グレとも組んでみるものだ。警察では絶対やらないことをしでかしてくれる。

柳田たちが立ち上がり逃げようとした。

そこに五、六人の男が忍び寄って来て、柳田たちの口にカーゼを当て、引き立てていく。ＢＧ三係の仲間たちだ。

無言のまま会釈をし、いつ来たのかも知れなかった黒いワゴン車に放り込んでいく。柳田たちは抵抗しなかった。言葉も発しなかった。

三係の仲間たちは、拳銃を突きつけていたのだ。警察のマニュアルにはない連行方法だ。

北村の影が消えた。次は六本木のメインストリートで合流することになる。

「姐さん、大丈夫ですか」

純子が跳ね起きてきた。ボトムスをあげている。

「こっちは平気よ」

革ジャンのジッパーを降ろして、濃紺のベストを見せた。

「なんだ。片パイ、出せなかったわけだ」

そっちかよ、と言いかけたときに、いきなり真横のビルのシャッターが上がった。

「蜂が飛び出してくるわよ」

シャッターが上がると同時に、轟音が鳴り響いた。バイクのエンジン音だ。鉄パイプや金属バッドを握った男たちが、数台ずつに分かれて飛び出してきた。

「六本木通りに出られないように、ブロックして」

里奈の声に六華連合レディース隊が、道路の横一列に並んだ。全車ハイビームにしている。

「うわっ」

赤龍団の連中はライトに照らされ、目が見えなくなっている。バイクのエンジン音だけで、男女の区別はついていない。

先頭のバイクが旋回して元麻布サイドを向いた。

中国大使館の門の前に、警備員と職員が出て来た。ゲートを開けるかどうか迷っている様子だ。

里奈がすぐにハーレーをスタートさせ、赤龍団のバイクの先頭の右に出た。

赤龍団は全員ホンダインテグラに乗っている。

専称寺の手前で車体を倒して、敵の先頭のインテグラに左の肩をぶつける。インテグラの男は止むを得ず、左折した。

中国大使館の前にいた職員はすぐに脇の扉から中へと戻っていった。

背中のほうで、喚く声が聞こえた。真人たちも、飛び出してきているのだ。

「こちら本庄。赤い蜂をロアビル前に誘導します」

澤向に報告すると、逆に別な命令があった。

「そこに、純子って子がいるだろう。その子、急いで回してくれ。予定より早く次の客が来ちまった」

「はいわかりました」

3

「先生、ここよ、どうぞ先にお降りになって」

福田清美は、六本木交差点近くの「坂口ビル」の前で、白のベントレーを降りた。自分の車ではない。

午後十時三十分。

「北川洋子さんも、こうしたところで遊んではるなんて意外ですわ」

誘ってくれたのは、日本エンターテインメント映画大賞の今年の最優秀女優賞に輝いた大女優だ。

「あら、芸能界には、多いのよ」

背中で、大女優の声がする。彼女は自分より十歳上の五十七歳だ。

ベントレーの扉が開くと、すぐに黒い背広の男が駆けよって来た。

「『ヘブン』の社長の坂口でございます。どうぞ、どうぞ」

車の扉から、ビルのエントランスに向かう。歩道は混んでいたが、坂口ともうひとりの男が両手を広げて、人の流れを遮断してくれた。

男の顔にかすかな記憶があった。中年だ。清美は懸命に記憶の糸を手繰（たぐ）った。

後ろから北川洋子が歩いてくる。

「あら、ボディガードさん、こんばんは。いろんなところに出没するのね」

大女優が、男に声をかけている。

「はい、セレブの方がいらっしゃる場所に立つのが、私の任務で」

思い出した。

この男は、真梨邑明恵についていた六本木署の男だ。

いやな予感がした。

ロアビルのほうからバイクの音がしてきた。轟音だ。こんな時間の六本木にしては珍しい。

福田清美がロアビル方向に首を曲げた時、大女優が横に並んできた。

「ねぇ、清美ちゃんのタイプって、マッチョ、それとも優男(やさおとこ)？」

尻を撫でながら聞かれた。

「ぁあん。うち、基本L専やから」

臀部は性感帯だった。いやな予感が吹っ飛んだ。

坂口に先導されて、エレベーターに乗り込んだ。

「店は四階です」

『ヘブン』は一般にはデリバリー専門にしておりますが、セレブ会員様だけのために店舗を運営しています」

坂口が恭しく言っている。

「そりゃそうよね。自宅に呼べない人とかいるんだから。私たちみたいにね」

大女優が答えている。

「L専とイケメンが、一か所にいるっていいですね」

清美は高揚する気持ちを押さえながら、言った。

「しかもね、私、もう二十年以上も、この店に通っているんだけど、秘密保持は万全よ」

「なによりも、そこやねん。うち、なにせ国民女性党の国対委員長やから、めったな噂たてられたらあかんしな。海外でしか、コレは買ったことなくて」

清美は親指を立てた。

「バリ島とか？」

「うぅん、うちは上海や」

言って、喋り過ぎたと、後悔した。色事を前にすると、昂奮しすぎて、どうしても脇も股間も甘くなる。

エレベーターが四階に到着した。

いきなり店だった。まるで高級エステ店だ。

「清美ちゃん、ここからは別々にね。私、あなたのエロ顔見たいわけじゃないから」

北川洋子が、坂口を目配せして、奥の部屋へと消えていった。

「北川様のお気に入りの子が、久しぶりに出ているもので」

坂口が向き直って、清美を反対側の部屋へと案内してくれた。

清潔な匂いのする広い部屋に通された。白い壁が間接照明でぼんやりと照らされていた。

中央にベッドが置かれている。マッサージ台のようなベッドだ。上にバスローブが置いてある。

「まずは、美女三人のマッサージからになります。女子は白衣を着ておりますが、マッサージをされながら、手を伸ばして、どこに触っても構いません。ただしマッサージは手順が決まっていますから、いきなりアソコに指を入れてと言っても、それは困ります」

「なるほどなぁ。男子は？」

「マッサージの途中から参加します。お身体が、蕩けたころに、このイケメンがマッサージに参加します」

坂口に、写真を見せられた。精悍なマスクの持ち主だった。

「うちのナンバーワンですが、いかがですか？　正直、北川様の御指名の男の子よりも遥かに人気があります」

「この子で、いいわ」

キャンセルなどありえないマスクと体つきだった。

「では、バスローブにお着替えになり、うつ伏せになってお持ちください」

坂口が、壁際のロッカーを指さした。

「わかったわ」

清美は、白のスカートスーツを脱ぎながら、ロッカーに進む。

「それでは、存分に乱れてください」

坂口が、扉の向こう側へと出ていった。

素っ裸になりバスローブを纏って、ベッドにうつ伏せになった。ほどなくして女性が入って来た。ふたりだった。

「こんばんは。弘子といいます。すみません、もうひとりは五分後になります」

ぽっちゃりした体型の子だった。白い看護師のような上着と同じく白いミニスカートを穿いている。

「私は、純子です。どうぞよろしくお願いします」

こちらは、額に汗を搔き、息を弾ませていた。引き締まった身体だった。モデルというよりアスリートを思わせる。服装は同じだ。

「あなた、汗かいてどうしたの？」

「申し訳ありません。ちょっと遅刻しそうになって、走って来たものですから」

「そう」

着ていたバスローブはあっさり脱がされた。弘子が右側、純子が左側に付く。頭にはターバンのようにタオルを巻かれた。

初めに蒸しタオルが背中とヒップの上に置かれた。

「あったかいわ」

清美はうっとりとなった。

しばらくして、蒸しタオルが外され、アロマオイルが落ちてきた。いい匂いがする。

ふたりの女の手が、背中と尻を撫で回し始めた。

甘い匂いが漂い、身体をじわじわと温められ、恍惚の極みへと進んでく。

「ぁあぁ」

弘子の手で、尻山を左右に割り広げられ、同時に女の襞も開いた瞬間に、歓喜の声をあげた。

弘子がその行為を何度も繰り返す。双葉の間に、オイルを垂らされる。ぴちゃっと肉芽に当たる。そこを狙って落としたのは間違いない。

「はぅう」

背中で旋回していた純子の手が、いきなり内側に滑りこんで来た。ベッドマットにくっついてスライム状になっている乳山に両手を這わせて来る。

豆に触れた。

「はうぅううう」

清美は背筋を海老のように反らせ、喘ぎ声を上げた。

左右の乳豆だけではない。尻を押し広げていた弘子が、肉芽を同時に押したのだ。上から下から歓喜の電流が駆け巡った。頭の中は桃色で一色だ。

「私も触りたいっ」

左右の腕を伸ばして、ふたりの女の股間を同時にまさぐった。すぐに、粘膜に触れた。どちらもノーパンだった。

「ズボズボしてくれていいですよ」

と弘子が言う。人差し指を挿し込むと、すでにねっちょりしていた。葛湯のようだ。

「こちらはクリクリしていいですよ。もう腫れています」

と純子も。そのエロい言い方に、くらくらとなった。

「あぁあん」

左右の女の股座を弄りながら、乳豆と肉芽を責めたてられた。清美は乱れに乱れた。

天井で何か音がしていたが、その理由を考える余裕はなかった。

4

「お役に立てたかしら」

天下の大女優が、エレベーターに戻っていく。

「本当に、ありがとうございました」

澤向は、深々と頭を下げた。坂口も横でお辞儀をしている。

「まぁ、警察と極道には、貸しをつくっておいて損はないから」

エレベーターが降りて来た。

四階で開く。中に鶴巻がいた。

「これはこれは、北川様、ありがとうございました」

鶴巻は停止ボタンを押したままお辞儀をした。そもそもは、鶴巻が春日組傘下の芸能プロを通じて、北川洋子に一芝居打たせたのだ。

「私、Lの趣味も、若い男を買ったこともないからね」

「重々承知で」

鶴巻が頭を垂れる。

そのままエレベーターで降り、男三人でエスコートするように、大女優を見送った。

白のベントレーは、外苑東通りを颯爽と青山方面へと去って行った。

「五階は？」

「山本は、精汁をまき散らして、床に寝ころんでいる」

鶴巻が答えた。

「石尾は?」

「茉莉に騎乗位でやられている。処理するなら今だが、どうする?」

「今後はこちらの手駒に使いたい。そっちで攫って、泣かしちゃってくれないか」

「楽勝だ。ＴＣＳと外務省を俺らが貰っていいんだな」

「六本木警察が利権を持っていても、ただの持ち腐れだ。ただし、石尾と山本には吐かせておきたいことがある」

澤向は、ロアビルの前の喧騒を眺めながら言った。

一台の黒い中国車が取り囲まれていた。

「あそこには臨場しなくていいのか」

坂口が指さして言う。最近はヤクザも臨場なんて言葉を使うようになった。

「まだいいだろう」

「そうだよな。まだピンクが仕掛けられていない」

三人で五階に向かった。

「ホットパンツ」に入ると、手前のフロアにいたキャバ嬢と客が一斉に立ち上がって、三人に会釈した。

全員、坂口が用意したエキストラだ。

デリヘル嬢と棹師たちだ。

今夜はこれだけではない。六本木交差点から飯倉片町までの歩道にはデリヘル嬢とヤクザが溢れかえっているのだ。

その数、五百人を超える。

いずれも一般人の恰好をしたまま、通りを行ったり来たりしているのだ。

もちろん堅気には手を出さない。

澤向はグランドピアノ前に進み出た。

鶴巻が片隅にあったゴルフのドライバーを貸してくれた。キャロウェイのビッグバーサ。古いタイプだ。

「こらぁ、石尾。てめぇ中国の工作員に、まんまと嵌められて、奴らに都合のいい番組作らせようとしているんだってなぁ」

真っ裸で仰向けに寝かされ、上からピストンされている。茉莉はこちらに背を向けていた。

ピンクのチャイナドレスの裾をたくし上げ、尻を上げ下げしているのだ。尻山の左右の花が揺れている。柘榴と桜だ。

「な、なんだおまえは」

茉莉の腰骨に手を添えた石尾が、しわがれた声を出した。ブルドッグに似た顔をしている。

床には、山本が裸で、寝ている。こいつはうつ伏せだ。

さんざんウイスキーを口移しで飲まされ、その上、セックスで、精汁を抜き取られた後らしく、高鼾をかいている。

「うるせぃ。ヤクザだ」

警察というより、ヤクザと名乗ったほうが、人は恐怖感を抱くはずだ。

澤向は、山本の太腿を爪先で拡げた。うつ伏せの尻の下から睾丸が覗いていた。

「澤ちゃん、そこはやめとけ」

鶴巻に諌められた。元ヤクザだが、手加減という言葉を知っているようだ。

かまわず、ドライバーを振り上げた。山本の睾丸を打った。振り抜けないのでパンチショット気味に当たった。

「ぐぇっ」

山本の尻が三十センチほど跳ね上がった。尻から火花が散ったように見えた。もちろん錯覚だ。

「てめぇは、国家公務員法違反だ」

怒鳴った。日本には存在しない罪名だが、いわば国家反逆罪である。

「や、やめろ、そんなもの振り回すな」

石尾の声がひっくり返っていた。

「茉莉、どいてくれ」

この修羅場の中でも平然とピストンを続けていた茉莉が、尻から肉茎を抜いた。女陰から粘つく液が糸を引いていた。石尾の亀頭は濃い紫色だった。膠(にかわ)を塗ったように輝いている。

「私、下の応援に行くね」

茉莉がチャイナドレスの裾を下ろし、身繕いしている。最初(はな)から下着をつけていないので、裾を下ろせば、乱れた髪を直す程度だ。

「真人がすぐ合流できると思う」

「はーい。合流します」

茉莉がグランドピアノの向こう側に消えた。

澤向は、石尾に向き直った。アドレスをとった。クラブフェースを亀頭に合わせる。勃起したままだったので、ティーアップされたゴルフボールのように見えた。

「素振りはしない主義なんだ」

「やめろっ。何が目的だ。言う通りにするぞ。どうせ金門橋連合と俺たちの関係を嗅ぎつけたんだろう」

石尾が震える声で言った。

チタンの冷たい感触が、熱を帯びた亀頭に伝わったはずだ。

「松林瑛子をなんで消そうと思った。都合の悪いことを聞かれたんじゃないのか」

クラブフェースで軽く亀頭を擦った。

「その通りだ。瑛子とセックスしながら、王と相談していたのがいけなかった。中国女も交えた4Pをしていたときのことだ」

石尾が山本のほうを見た。

もう喋るしかないぞ、というような目だ。

睾丸を打たれた山本は、四つん這いの体勢で腹を擦っていた。まだ、声が出せないようだ。

「何を相談していた」

「TCSのベイエリアスタジオへのマカオ資本の導入方法だ。それらしい大義名分がいるので、その方法について話し合っていた。セックスしながらだった」

石尾の額にじわじわと脂汗が浮かんできた。

澤向はクラブを振り上げた。九十度。ハーフスイングの位置だ。石尾が目を剝いた。ビビったブルドッグのような目だ。

「大義名分？」

「そもそも取締役会が、売却をすぐに承諾するはずがない。だが、王は北京にいい顔をしたいから焦って、プレッシャーをかけてきた。カジノ解禁になれば、次は運営業者の選定が始まるからだ。王にもプレッシャーがかかり始めたんだ」

カジノ運営のノウハウは日本企業にはない。

そのためその道に精通するラスベガスかマカオの経験豊富な運営業者の招聘（しょうへい）となる。洋の東西におけるカジノシティの先駆者たちだからだ。

すでに両都市の運営会社が、参入のプレゼンテーションにやってきているのだ。

これは裏を返せば、アメリカと中国の、日本市場に進出するための代理戦争といえる。

カジノを主軸に、ホテル、劇場、ショッピングモールなどに進出してくる手がかりになる。

シンガポールでは、ラスベガス系のサンズとマレーシアを本拠地とするゲンティンがそれぞれ進出した。ゲンティン経営者のルーツは中国人である。

両陣営は現在も鎬（しのぎ）を削った戦いを続けている。

「それで、王とは何を密約した？」

澤向はさらにクラブヘッドを振り上げた。腰も大きく捩じった。フルスイングの形だ。

「や、やめろ。スタジオの敷地の半分に、マカオ資本のホテルを建てることだ。そのホテルの宿泊者は、スタジオでリアルな撮影を見学出来る仕組みだ。架空のドラマではない。三週後に放映されるドラマの収録を見ることが出来るんだ。いずれは香港映画の撮影もそこでやる」

たいしたアイディアだ。不純な動機がなければの話だ。

「それを瑛子に聞かれて何の問題があるんだ？」

「その時、カジノをテーマにしたドラマを作るという企画を話した。主人公がマカオに修行に行って、日本のカジノの初代オーナーになる話だ」

ある種の印象操作だ。

「撮影資金とルートは、王が提供してくれる。マカオの運営業者が全面協力する。そのカジノのセットを残して、本物にしたいという署名運動を展開させる。その署名も王が集める」

扇動行為のひとつであるが、犯罪ではない。

「それを聞いた瑛子は、王が帰ってから、ハリウッドの関係者にバラすと脅してきたんだ。迂闊だった。あの女のしたたかさは充分知っていたんだが、五年も情婦にしていると、油断するものだ。いつの間にか、瑛子はラスベガス側の企業スパイになっていたんだ」

それはラスベガスのほうが一枚上手だったということだ。重要人物の情婦を間諜に仕立てあげるのはＣＩＡの常套手段だ。

「瑛子は、ハリウッドのマイナー映画会社を買い取ろうとしていた。本格的なハリウッド進出を企んでいたんだ。そのための資金を、無担保でＴＣＳに提供しろと言い出した。それだけで終わるなら、俺も考えた。だがあの女の性格からしたら、要求はさらに上がる。俺は、王に相談した。王の答えは削除だった。やつは合理主義者なんだ」

石尾の肩と亀頭が、同じリズムで震えていた。

「ところで松林瑛子のしたたかさを知っていたとは、どういうことだ？」

さきほどの石尾の言葉が気になった。

「俺は、あの女に、そもそも脅されていたんだ。だから、自分の女にして手元に置いておくしかなかった」

意外な告白だった。

「原因は何だ？」

「あいつの姉を、俺はやっちまったんだ。三十年前だ。当時十八歳の松林綾乃をヤリコンでやっちまった。そのときは問題にならなかったが、五年前に、妹の瑛子が事務所を設立して、俺の前に現れたんだ。当時のこと、姉が録音していましたって。俺はもう副社長にまでなっていた。彼女の言うことを全面的にうけて入れて、逆にこっちもあの女とのセックス動画を撮って、互いに首を絞め合って生きていくしかなかった。正直、王が処理してくれと言ったときには、これで楽になれると思った」

拉致共謀の裏が取れた。

「なるほど、天井のシャンデリアを見ろよ」

「はぁ？」

「マイクロカメラが五個もついている。セックスしている場面から、いま喋ったことまで、全部録画されている。石尾彬っ、てめえも進退きわまったな」

澤向は、フルスイングした。

「あぁああああああああああ」

断末魔(だんまつま)の声だった。

5

「おいっ、なんだこの騒ぎは」

王躍進は車の中で、苛立っていた。外苑東通り、ロアビル前。このビルも間もなく解体されるという。現在はテナントが順次退去しているとのことだ。

そんなことはどうでもいい。早く女を抱いて、精汁を吐き出したいのに、前はびっしり混んでいる。発情しているときというのは、そのことしか考えなくなる。

「なんか事故ですね。後ろから来たバイク同士が揉めて、そこに酔っぱらった通行人が混じって乱闘になっています。それがどんどん前のほうにやってきている」

ルームミラーを覗き込んだ運転手が言った。運転手は、普通の運転手ではない。ボディガードを兼ねた特殊工作員だ。

王自身が、正式な外交官ではない。華僑マフィアの政治協力という名目で、金門橋連合から、駐日中国大使館に送り込まれたに過ぎない。もう十年になる。現在の最高指導者が一番、人使いが荒い。

米国はいい。

どんな面倒くさい大統領が現れても、四年に一度、再審判が下される。

こっちはとうとう、あの中華饅頭のような顔した男が、終身トップもありえるということになってしまった。これじゃ、まるでソ連時代の書記長だ。

中華饅頭は、負けず嫌いだ。とくにアメリカの金髪デブには対抗心丸出しだ。

日本のカジノ案件、アメリカに負けるわけにはいかない。

それと、中華饅頭は、マスコミが嫌いだ。

日本に旅行に行った中国人観光者が、自分の悪口を言う日本のメディアに影響を受けることを極端に恐れている。

仕事は、増える一方だ。

なんとか日本のテレビ局を、実効支配したい。それは、自分たち金門橋連合の利益にもなる。

印象操作の手段を手に入れるということは、ミサイルを持つよりも大きい。人心掌握が可能になるからだ。

それにしても、はやく挿入したい。

「まいったね」

王は、振り向いた。

乱闘はすぐ背後で行われている。バイクに乗った連中が、ヘルメットの上からではあるが、金属バットで殴りまくられている。

よく見ると、それは赤龍団の連中だった。殴っているのは、追い立ててきた六華連合の連中ではない。通りがかりのサラリーマンたちだ。

「そんなバカな」

思わず声を上げた。

サラリーマンに見えるが、そうではないようだ。金属バットを振り上げたワイシャツの袖口と少し開いた襟元から、刺青(いれずみ)が見える。タットゥなんてお洒落なものじゃない。伝統的な和風刺青だ。

ヤクザだ。

なんでヤクザがあんな格好している？

と、その瞬間、運転席の扉が蹴り上げられた。

蹴った男も普通のサラリーマンの恰好をしていた。グレイの背広に、ビジネス鞄を持っている。

「おいっ、どういうつもりだ」

運転手が扉を開けた。いきなりサラリーマン風の男が鞄を振り上げた。アッパーカットのように上げたビジネス鞄の角が運転手の顎に命中した。ぐしゃっ、と骨が砕ける音がした。あれは鉄板入りバッグだ。

運転手は顎を押さえたまま、扉の外へ倒れ落ちていった。その顔と身体が容赦なく蹴りつけられる。

王はどうすることも出来なかった。扉を開けると自分も同じ目に遭うことになるのは明白だ。

スマホを取って、大使館の保安部に電話を入れようとした。

そのとき運転手を蹴っていたサラリーマンがドアロックを解除した。

後部席の左右のドアが開き、双方から女が入って来た。普通のＯＬ風だった。

助手席と運転席には小型カメラを抱えたサラリーマン風の男がふたり入ってくる。

「な、なんだ。この車は、治外法権だぞ」

「なら、罪にもならないんですか？」

右側のショートカットの女がいきなり王の両頰に手で挟み、キスをしてきた。舌を絡められる。左のポニーテールの女にベルトを緩められ、肉茎を取り出された。

かぽっと咥え込まれる。

一気に勃起させられた。

右の女は、舌を絡めながら、ワイシャツのボタンを外し始めた。下着がたくしあげられ、乳首が外気に触れた。

「うっ」

キスしていた女が、乳首を撫で回す。

頭がパニックになった。恐怖感と快感が同時に押し寄せてくる。

「はうぅう」

陰茎をしゃぶっていた女が、口を離したかと思ったら、ハンドバッグから鋏(はさみ)を取り出した。

「やめろっ」

泣き叫んだ。恥も外聞もなかった。

「チンコは切らないから」

女は、そう言い、ズボンを切り始めた。

方々(ほうぼう)を切り刻まれて、ズボンが取り払われた。トランクスも同様に切り取られた。脱がせるのが面倒だから鋏を使ったということだ。

「AVの撮影なの」

右のショートカットの女が言った。乳首を舐められる。

「そんなもの撮って、どうする気だ」

「無料エロ動画サイトで流すのよ」

今度は左のポニーテールの女が耳もとで囁いた。

「ばかな」

「おじさんのエッチ、全世界に配信ね」

上着もワイシャツも鋏で切られ、真っ裸にされた。不思議なもので勃起が萎えることはなかった。むしろぱんぱんに肉が張り詰めていく。

ポニーテールの女が、対面騎乗位で跨ってくる。すっぽり蜜壺に収められた。

「うぅ」

気持ちよかった。

ショートカットが財布をまさぐっている。金をとられるのはかまわない。

「王躍進さんって言うんだぁ」

大使館の通行証を抜きとられ、カメラの前に翳された。写真付き通行証だ。

「やめろっ」

と叫ぶ口を塞がれる。

「あぁぁ」

王は目を瞑った。

終りだと悟った。

殴られても何も白状する気はない。

だが、これはだめだ。王は次にされることがわかっていた。

寸止め地獄だ。

仕掛けたのは日本のヤクザに違いない。

いや、ラスベガスマフィアなのかもしれない。

華僑マフィアとＴＣＳの関係さえ断ち切ればいいというやり方だ。公安や内閣情報調査室ならこんな雑な手は使わない。

王は三十年かけてＴＣＳとの関係を築き上げてきた先輩たちに申し訳なく思った。

しかし……。

いまは、亀頭が気持ちいい。とても放棄することなど出来ない。唾液を流し込まれながら、右の耳から囁かれる質問に素直に答えた。

寸止めされるよりは、焦らされながら質問されたほうがいい。

セックスは自白剤よりも効き目がある、ということだ。

「組んでいる日本の政治家は？」

膣壺の上下運動と、乳首舐めの攻撃を与えられながら、聞かれた。

「…………」

王は、ポニーテールの女の耳もとに囁いた。

「ちゃんと、カメラに向かって言えよ」

王は観念して、その名を言った。

「それが本当だったら、この映像は、とりあえず、配信保留になるわ」

「そいつは助かる」

ポニーテールの女の腰の上下が激しくなった。ショートカットの女の乳首舐めもしつこさを増した。

王は淫壺の中で、漏らし始めていた。

もうどうでもいい。セックスだ。


恍惚の中で、福田清美は天井の上から悲鳴が聞こえたような気がした。男の声だ。

弘子の蜜壺を指で捏ねまわしながら、延々と続けられる乳豆と肉芽への刺激に酔いしれていた。純子はときどきクリトリスを舐めしゃぶってもくれた。

何度も昇天した。

扉が開く音がした。

「おまたせしました。茉莉です」

三人目の女が入ってきたようだ。

「まずは、ご挨拶です。私の壺にも指を」

茉莉という女が、真横に立った。清美は弘子の秘孔から指を抜き、茉莉のほうへ挿し込んだ。

ドロドロだった。山芋のとろろの中に指を入れたような感触だ。

「せっかくですから、先生、舐めてください」

茉莉がせがむような甘い声で言うので、指を抜き、唇に近づけた。牡（オス）の香りがした。指先に、とろろのような粘液がついていた。舐めた。

扉をノックする音があった。

茉莉が扉に向かう。誰かと話している。

「了解しました」

そう言って戻って来た。

「先生、だめですよ。どうやら、お仕置きしなきゃいけないみたいです」

茉莉が鼻から抜けるような声で言った。

そういうプレイなのだと思った。

「では」

といって、弘子と純子が、清美の左右の足首をそれぞれ持って、拡げた。股の中心が、ぱっくり拡がる。

その間に、茉莉が割り込んできて、何かを突き割いた。すりこぎ棒が入ったのかと思った。極太バイブだ。

「あぁあああ」

猛烈な勢いで動き出す。バイブレーターの胴体から分かれた枝のような部分がクリトリスを突く。

清美は脳内に光の洪水を受けた。

「いやぁあああ、すぐにいっちゃぅう」

気持ちよすぎて、吐きそうだった。

それが何度も続いた。昇天しても、昇天しても、バイブを止めてはくれない。クリトリスが痺れてきた。膣壁が蕩けてしまいそうだ。

「もう、だめっ、マジ、だめっ」

清美は、ベッドの縁を何度も叩いた。その手を弘子と純子に抑えられた。

極点に昇り詰める頻度が早くなった。

イク、と喚いて、のたうち回った直後にまた、波が襲ってくるのだ。

「いやぁあああ、もういやぁあああ」

限界を超えた。四肢が疲労して動かなくなった。

「ぁあ、やっと終わった」

男の声がした。

「どうだった？」

茉莉が聞いている。

「全滅させた」

「よかったね」

「まぁ、あれだけ武器をもらったからな」

世間話をしながら、男と茉莉が入れ替わった。男がバイブを持った。

「はぅうう」

「本物も、はいりまーす」

身体の中心にガツンと衝撃が走った。丸太を飲まされた感じだ。

「そこ、違う」

清美は、かっ、と目を見開いた。目の前に見えるのは白い壁のはずだ。それが黄色に見えた。

男が入れたのはアヌスだ。

四十七歳。ソコには、一度も入れたことがない。

「だめだよ。チャイナに情報を渡していたりしたら」

男は、尻穴の中で、肉棍棒を突き動かしてきた。火が付いたように痛い。

「あっ、はっ、うっ」

息継ぎをするのが精一杯だった。

ふたたび、扉が開く。

先ほどの社長が入って来た。坂口と名乗った男だ。

「ちょっと、これどういうこと？　今すぐ止めさせなさいっ。北川さんは、どこなの？」

「そんな人いませんよ。誰ですか、それ」

「えっ？」

「あんた、シャブを流しているそうじゃないか」

「な、なんのこと？」

「北朝鮮製の粉。公海上で、中国の貨物船に一回引き揚げさせて、横浜で降ろしていた」

「変な言いがかりつけるのやめてくれませんか」

「王がすべて謳ったよ。貨物船の『遼東』が間もなく横浜に入ってくるんだってな」

坂口が時計を見た。

誰だこいつは？

尻を突かれて頭が回らない。

「ベイエリアスタジオ。考えたもんだな。あそこにタグボートで運んでくれれば堂々と陸揚げできる。スタジオに税関はないからな」

筒抜けになっている。国民女性党の選挙資金を賄うために手を出したことだった。

「うううう」

尻が痛くて、言い訳が出来なかった。

「あんた、上海で男を買い過ぎて、金門橋連合に釣られたみたいだな。民自党のほうは元村弥兵衛だ。あいつはマカオのバカラで焦げ付き過ぎた。昔からな、色と博打でたらしこむのはヤクザの常套手段なんだ」

坂口がそう言うと、男が猛烈に、尻穴の中で、巨根を動かしてきた。

どんな拷問よりもきつい。

「取引のシステムを教えてくれや」

清美は覚悟して、上海の貿易会社の名前を言い、説明を始めた。瀬取りの日程や、暗号の方法などだ。相手が警察でなければ、まだ協力しあえる可能性はある。

6

夜の海は穏やかだった。

深夜三時。澤向は、TCSベイサイドスタジオの第一スタジオ棟の壁に寄りかかり、ラッキーストライクを吸いながら、沖に浮かぶ船舶を眺めていた。

スタジオ棟の屋根には北村がうつ伏せになっている。

遠くに貨物船「遼東」が停泊していた。

澤向は、腕を伸ばして深呼吸した。潮風を吸い込む。

しかし、坂口が厚労省の麻薬取締官、鶴巻が警視庁組織犯罪対策部の潜入捜査員だったとは驚いた。

ふたりとも潜入三十年だそうだ。当分、続けるそうだ。

すげぇオヤジどもだ。

捕えた連中は、すべて春日組が管理することになった。つまりは警察と麻取(マトリ)の管理下に置かれて、今後も踊らされるということだ。

鶴巻は、夜明けと共に民自党の元村弥兵衛の自宅を訪問することになっている。マカオのカジノの取り立て代理人の委任状を持っての上だ。

王に書かせた。

「遼東」の浮かぶ方向から、ＴＣＳの撮影用船舶が戻って来た。沖合から岸壁側を撮影する専用艇だそうだ。

撮影船が徐々に近づいてくる。

岸壁に付いた。

真梨邑明恵が上がってくる。今夜は、ブルーデニムの上下だった。続いて、スキンヘッドの男と金髪の男が、リュックを背負って上がって来た。

スタジオ棟の脇に、明恵の専用車が停めてある。白のエルグランドだ。

三人が近づいて来た。

明恵が尻のポケットからキーを取り出し、車に向けて押した。ロック解除だ。

その瞬間に、明恵の顔をヘッドライトが照らした。

「えっ」

明恵の顔が歪んだ。女優の表情ではなかった。犯罪者特有の昏い視線をヘッドライトに向けている。

「クランクアップだ」

スタジオ棟の脇から、澤向が出た。

「担当を代えてと言ったはずですけど」

「あぁ、警護担当は外れたよ。今夜の俺は職務質問に来ている。後ろのガキのリュックをちょっと見せてもらえないか。もちろん、ここには許可を得て入っている」

「警護員じゃなくなったら、ずいぶん、ぞんざいな口を利くのね。職質って、任意だったら、拒否は出来ますよね」

「まぁね」

澤向は頷きながら、片手を星空に向かってあげた。

次の瞬間、カンッと乾いた音がした。

金髪の男のリュックから硝煙があがる。空いた穴から、白い粉が、砂のように流れ落ちてくる。

「てめぇ」

金髪の男が地面を蹴った瞬間、もう一発音がした。スキンヘッドの男のリュックにも穴が開き、同じような白い粉がこぼれ落ちてくる。

澤向がふたりの男を交互に睨みつけた。

「オリンピック級の狙撃手が上から狙っている。動かないほうがいい」

　ふたりの足が止まった。

「マジ、終了みたいね」

　明恵が両手を挙げた。サマになってる。

「一時間前に、このスタジオの小道具係の男を連行した。あんたの大ファンで、何度もフェラチオしてもらったと言っていた。その代わり、あんたの言う通りに、セットに火薬を仕掛け、偽の脅迫状を作っておいたそうじゃないか。わざわざあんたが狙われているように見せかけるために、劇用炸薬まで盗んで。その処分に困ったらしいぜ」

「そっか。これが成功したら、彼の望み通り、バックから挿入させてあげようと思っていたんだけど、残念だわ。で、澤向さん、どこで気づいたのかしら？」

「確信を持ったのはレセプションパーティの時だ。あれは見事な芝居だったよ。あんた切られてなんかいなかった。福田清美議員とハグした時、血糊（ちのり）を受け取ったんだ。ナイフで切り付けてきた男も、役者だ」

　里奈から、この女がノーパンで会場に出たと聞いたときから、胡散（うさん）臭いと思っていた。清美は、ハグしているときに、スリットの間から、前張りに血糊を張り付けたのだ。

「瑛子社長の捜査状況を知るために、あなたたちを傍に置いておいたほうが得だと思ったんだけどね。逆に探られているような気がしてたまらなかったわ」

「まさか、神戸の組と繋がっていたとはな。そのシャブ、わざわざ横浜で揚げて、陸路で神戸に運ぶんだろう？」

「紳士ぶる黒成会は、シャブに手を出さない。そんなヤクザがいつまでも持つとは思わないわ。神戸が関東を制覇すれば、芸能界の勢力図も変わる。そろそろ瑛子が邪魔になったの」

「ごめんね、生きていて」

エルグランドの運転席の扉が開いて、松林瑛子が降りて来た。

スキンヘッドと金髪が短く叫んだ。

「おばさん、ちょっと太り気味だから、浮かぶの早かったのよ」

「ジ・エンドね」

明恵がさすがに一歩後退った。

「俺、おまえみたいな自己チューな女が一番嫌いなんだ。ちょっと来いよ」

澤向は、明恵を手招きした。

スキンヘッドと金髪が動こうとしたが、足元に銃弾が飛んできて、固まった。

ハーレーで駆け付けた本庄がスキンヘッドと金髪に手錠をかけた。

第一スタジオ棟の「悪女刑事」のセットの中。捜査一課に見立てた部屋だ。

「ジーンズとパンツ降ろして、生尻を出したら、課長席に両手を付け」

澤向は命じた。

明恵が言われるままに、ジーンズを下ろし、ピンクのショーツも膝まで下げた。

「男はみんな、要求することが同じね。やりたいだけ」

尻を突き出した。

「俺は並みの男じゃねぇ」

グサっと挿し込んだ。女優初体験だ。

「あぁ」

明恵が喜悦の声を上げた。

澤向は男根を挿入したまま、擦らなかった。

「ねぇ、動かしてよ」

明恵が顔を曲げて、ねっとりした視線を絡ませてくる。

「おまえ、俺の女になるか？」

「それが望みなら、なるわよ。私、勝ち組に乗ることにしているから」

「なら、このまま、二時間動かないほうがいい、ちゃんと俺の女にしてやる」

「なにするの？　焦らさないで」

媚びた視線を寄越す明恵を尻目（しりめ）に、澤向は、セットの裏側に声をかけた。

「欣二、頼むわ。サクラ、彫ってくれ」

草凪欣二が、眠そうな顔をして、道具箱を持って入って来た。

本作品はフィクションであり、実在の個人・団体などとは一切関係がありません。

六本木警察官能派

一〇〇字書評

切り取り線

購買動機（新聞、雑誌名を記入するか、あるいは○をつけてください）

□（　　　　　　　　　　　　　　）の広告を見て	
□（　　　　　　　　　　　　　　）の書評を見て	
□ 知人のすすめで	□ タイトルに惹かれて
□ カバーが良かったから	□ 内容が面白そうだから
□ 好きな作家だから	□ 好きな分野の本だから

・最近、最も感銘を受けた作品名をお書き下さい

・あなたのお好きな作家名をお書き下さい

・その他、ご要望がありましたらお書き下さい

住所	〒				
氏名		職業		年齢	
Eメール	※携帯には配信できません	新刊情報等のメール配信を 希望する・しない			

この本の感想を、編集部までお寄せいただけたらありがたく存じます。今後の企画の参考にさせていただきます。Eメールでも結構です。

いただいた「一〇〇字書評」は、新聞・雑誌等に紹介させていただくことがあります。その場合はお礼として特製図書カードを差し上げます。

前ページの原稿用紙に書評をお書きの上、切り取り、左記までお送り下さい。宛先の住所は不要です。

なお、ご記入いただいたお名前、ご住所等は、書評紹介の事前了解、謝礼のお届けのためだけに利用し、そのほかの目的のために利用することはありません。

〒一〇一－八七〇一
祥伝社文庫編集長　坂口芳和
電話　〇三（三二六五）二〇八〇

祥伝社ホームページの「ブックレビュー」からも、書き込めます。
http://www.shodensha.co.jp/bookreview/

祥伝社文庫

ろっぽんぎけいさつかんのうは　　　　　　　　そうさもう
六本木警察官能派　ピンクトラップ捜査網

平成30年7月20日　初版第1刷発行

著　者　さわさとゆうじ
沢里裕二

発行者　辻　浩明

発行所　しょうでんしゃ
祥伝社

東京都千代田区神田神保町3-3
〒101-8701
電話　03（3265）2081（販売部）
電話　03（3265）2080（編集部）
電話　03（3265）3622（業務部）
http://www.shodensha.co.jp/

印刷所　堀内印刷
製本所　ナショナル製本
カバーフォーマットデザイン　芥　陽子

 ISBN978-4-396-34438-2 C0193

祥伝社文庫の好評既刊

安達　瑶
正義死すべし　悪漢刑事
現職刑事が逮捕!?　県警幹部、元判事が必死に隠す司法の〝闇〟とは？　別件逮捕された佐脇が立ち向かう！

安達　瑶
殺しの口づけ　悪漢刑事
不審な焼死、自殺、交通事故死……。不可解な事件の陰には謎の美女が。佐脇の封印された過去が明らかに!?

安達　瑶
生贄（いけにえ）の羊　悪漢刑事
警察庁への出向命令。半グレ集団の暗躍、庁内の覇権争い、踏み躙（にじ）られた少女たちの夢——佐脇、怒りの暴走！

安達　瑶
闇の狙撃手　悪漢刑事
汚職と失踪——市長は捕まり、若い女性は消える街、眞神（まがみ）市。乗り込んだ佐脇も標的にされ、絶体絶命の危機に！

安達　瑶
強欲　新・悪漢刑事
最低最悪の刑事・佐脇が帰ってきた！　だが古巣の鳴海（なるみ）署は美人署長の下、人心一新、すべてが変わっていた……。

安達　瑶
洋上の饗宴（上）　新・悪漢刑事
休暇を得た佐脇は、豪華客船に招待される。浮かれる佐脇だったが、やはりこの男の行くところ、波瀾あり！

祥伝社文庫の好評既刊